古典詩歌研究彙刊

第十三輯

龔鵬程 主編

第16冊

明代「真詩」觀念研究

黃偉哲 著

國家圖書館出版品預行編目資料

明代「真詩」觀念研究／黃偉哲 著 — 初版 — 新北市：花木
蘭文化出版社，2013〔民 102〕

目 2+156 面；17×24 公分

（古典詩歌研究彙刊 第十三輯；第 16 冊）

ISBN 978-986-322-084-8（精裝）

1. 明代詩 2. 詩評

820.91 102000933

ISBN-978-986-322-084-8

9 789863 220848

古典詩歌研究彙刊
第十三輯 第十六冊 ISBN：978-986-322-084-8

明代「真詩」觀念研究

作 者 黃偉哲
主 編 龔鵬程
總 編 輯 杜潔祥
出 版 花木蘭文化出版社
發 行 所 花木蘭文化出版社
發 行 人 高小娟
聯絡地址 235 新北市中和區中安街七二號十三樓
電話：02-2923-1455／傳眞：02-2923-1452
網 址 http://www.huamulan.tw 信箱 sut81518@gmail.com
印 刷 普羅文化出版廣告事業
初 版 2013 年 3 月
定 價 第十三輯 20 冊（精裝）新台幣 28,000 元

明代「真詩」觀念研究

黃偉哲　著

作者簡介

黃偉哲，原名黃韋云，私立淡江大學中國文學研究所碩士。研究所期間擔任顏崑陽教授之國科會助理，也曾與同校師生共同擔任時報文化出版《每日二字——這樣用就對了》（墜墮、撩潦）、《每日二字——這樣念就對了》（比、更、艾）、《每日二字——這樣寫就對了》（連聯、恭躬、据倨踞、卓灼、善擅）撰稿者之一。

提　　要

　　本文以「明代『真詩』觀念研究」為題，旨要解決從明代中期到晚期所提出的不同「真詩」觀念，即「真詩在民間」、以「性靈」、「真我」創作「真詩」與「向古人求真詩」。欲試圖從中了解當時「真詩」在明代的重要意義。

　　因此，針對這些相異的「真詩」觀念，本文將設立五個章節來進行探討。

　　第一章為緒論，進行前言、前人研究成果概況、研究範圍與方法等。本章首先對明代所言「真詩」一詞作出定義，接著進一步指出明人面對的文學環境為何及本文的研究取向。

　　第二章「『真詩在民間』觀念的涵義」，這部份會先釐清「民間」的涵義，之後便探究提出此觀念之原因以及如何創作「真詩」。

　　第三章「何以有『真我』、『性靈』之詩亦可稱為『真詩』」，此將先分析「性情」、「真我」、「性靈」之意，然後則進一步討論其與「真詩」的關係、提出原因與該如何寫出「真詩」。

　　第四章「向古人求真詩」，此章先探究何謂「古人真詩」，從中了解古人所指對象，接著考察其所言「精神」為何，且與「真詩」的關係、提出原因。

　　第五章為結論，綜合各章論述的要義，藉此突顯「真詩」在明代的重要性。

第一章　緒　論 1

　第一節　前　言 1

　　一、明代文人「眞詩」一詞之涵義 1

　　二、明人對「僞詩」的反思 7

　　　（一）「眞詩在民間」 8

　　　（二）以「眞我」、「性靈」創作「眞詩」

　　　　　 10

　　　（三）「向古人求眞詩」 13

　第二節　前人研究成果概況 17

　第三節　研究範圍與方法 22

　　一、研究範圍 22

　　二、研究方法、論述步驟與章節設計 23

第二章　「真詩在民間」觀念的涵義 25

　第一節　何以「眞詩在民間」 25

　　一、「民間」的涵義 25

　　二、王叔武等人所指出「僞詩」的作者 26

　　三、爲何提出「眞詩在民間」 30

　第二節　「民間」與詩之「情」、「聲音」的關係

　　　 37

　　一、「民間」與一般「文人學子」的「情」有

　　　　何不同 38

　　二、「民間」與一般「文人學子」的「聲音」

　　　　有何不同 46

　第三節　「眞詩」的特質爲何 49

　　一、類似「眞詩在民間」的觀念 49

　　　（一）類似「眞詩」的觀念 49

　　　（二）類似「眞詩在民間」的觀念 51

　　二、提出「眞詩」的眞正意義 53

　第四節　文人如何在「格律」限制下作出「眞

　　　　　詩」 55

　第五節　小　結 63

第三章　何以有「真我」、「性靈」之詩亦可稱

　　　　為「真詩」 67

目

次

第一節　王世貞至明晚期所謂「性情」、「眞我」、
　　　　「性靈」之義涵 ⋯⋯⋯⋯⋯⋯⋯⋯⋯ 68
一、「性情」、「性靈」、「眞我」之一般性概念
　　⋯⋯⋯⋯⋯⋯⋯⋯⋯⋯⋯⋯⋯⋯⋯⋯⋯ 68
　　　　（一）性情 ⋯⋯⋯⋯⋯⋯⋯⋯⋯⋯⋯ 68
　　　　（二）性靈 ⋯⋯⋯⋯⋯⋯⋯⋯⋯⋯⋯ 70
　　　　（三）眞我 ⋯⋯⋯⋯⋯⋯⋯⋯⋯⋯⋯ 73
二、王世貞與明晚期所言「眞我」、「性靈」、
　　「性情」與詩歌關係爲何 ⋯⋯⋯⋯⋯⋯ 74
　　　　（一）性情 ⋯⋯⋯⋯⋯⋯⋯⋯⋯⋯⋯ 74
　　　　　　1.「性之情」 ⋯⋯⋯⋯⋯⋯⋯⋯ 74
　　　　　　2.「性與情」 ⋯⋯⋯⋯⋯⋯⋯⋯ 77
　　　　（二）性靈 ⋯⋯⋯⋯⋯⋯⋯⋯⋯⋯⋯ 78
　　　　（三）眞我 ⋯⋯⋯⋯⋯⋯⋯⋯⋯⋯⋯ 83
第二節　王世貞與明晚期所面對的文學環境爲
　　　　何 ⋯⋯⋯⋯⋯⋯⋯⋯⋯⋯⋯⋯⋯⋯⋯ 86
第三節　如何才能創作具有「眞我」、「性靈」
　　　　的「眞詩」 ⋯⋯⋯⋯⋯⋯⋯⋯⋯⋯⋯ 91
一、詩歌寫作是否需要以前人作品當學習對
　　象 ⋯⋯⋯⋯⋯⋯⋯⋯⋯⋯⋯⋯⋯⋯⋯⋯ 91
二、如何作出具有「眞我」、「性靈」之「眞
　　詩」 ⋯⋯⋯⋯⋯⋯⋯⋯⋯⋯⋯⋯⋯⋯⋯ 99
第四節　小　結 ⋯⋯⋯⋯⋯⋯⋯⋯⋯⋯⋯⋯⋯ 106
第四章　向古人求真詩 ⋯⋯⋯⋯⋯⋯⋯⋯⋯⋯ 111
第一節　古人「眞詩」是什麼 ⋯⋯⋯⋯⋯⋯⋯ 112
一、古人是否有特定對象 ⋯⋯⋯⋯⋯⋯⋯⋯ 112
二、何謂古人「精神」 ⋯⋯⋯⋯⋯⋯⋯⋯⋯ 116
　　　　（一）「精神」之意爲何 ⋯⋯⋯⋯⋯ 116
　　　　（二）「精神」與「性靈」差異何在 ⋯ 119
第二節　爲何向古人求「眞詩」 ⋯⋯⋯⋯⋯⋯ 121
第三節　如何學習古人而創作「眞詩」 ⋯⋯⋯ 133
第四節　小　結 ⋯⋯⋯⋯⋯⋯⋯⋯⋯⋯⋯⋯⋯ 140
第五章　結　論 ⋯⋯⋯⋯⋯⋯⋯⋯⋯⋯⋯⋯⋯ 145
參考書目 ⋯⋯⋯⋯⋯⋯⋯⋯⋯⋯⋯⋯⋯⋯⋯⋯ 149

第一章　緒　論

第一節　前　言

一、明代文人「眞詩」一詞之涵義

　　關於明代「眞詩」一詞，較早係由王叔武（西元 1468 年～西元 1520 年）所提及，而其內容是以對話方式被記載於李夢陽的〈詩集自序〉當中，透過這篇文章我們可以發現，王叔武與李夢陽所探討的爲「眞詩在民間」之觀念。〔註1〕然而，王叔武所言「眞詩」之義是指什麼呢？另外，在其之後的李開先（西元 1502 年～西元 1568 年）、王世貞、袁宏道兄弟、江盈科甚至鍾惺、譚元春、蔡復一（西元 1576

〔註 1〕李子曰：「曹縣蓋有王叔武云，其言曰：『夫詩者，天地自然之音也。今途咢而巷謳，勞呻而康吟，一唱而群和者，其眞也，斯之謂『風』也。孔子曰：『禮失而求之野。』今眞詩乃在民間。……李子聞之，矍然而興曰：『大哉！漢以來不復聞此矣！』」見〔明〕李夢陽著，《空同先生集・詩集自序》（第四冊）（台北：偉文圖書，1976 年 5 月），卷 50，頁 1436～1437。另外，根據簡錦松的研究，〈詩集自序〉係寫於嘉靖三年（西元 1524 年），當時王叔武已去世四年，故此是李夢陽記載其在詩論創建前與之對話的回憶，而對話時間大抵是在弘治十一年（西元 1498 年），見簡錦松，《李何詩論研究》（台北：國立台灣大學中文研究所碩士論文，1980 年 6 月），頁 195、頁 256。

年～西元 1625 年）等也都相繼提到「眞詩」一詞，由此可見，「眞詩」已經成爲明代文人常談的一個重要名詞。

準此，針對這種情形我們便要問，他們所言「眞詩」之義爲何？又何以其會從明代中期到晚期不斷被強調？因此，我們首先所要解決的是何謂「眞詩」之問題，關於此，我們可從其字面上直接解釋，所謂「眞詩」，顧名思義即係指「眞正的詩」，而在明代文人相繼提出「眞正的詩」之同時，其實便已經預設了他們所面對之文學環境出現了「虛假的詩」，我們可以稱之爲「僞詩」。然則，「眞詩」和「僞詩」是以什麼觀點去區分？對此，我們就必須先理解其所言「眞詩」一詞之義。

既然明代文人所言「眞詩」即指「眞正的詩」，那麼其追求的便爲「詩歌本體」，而所謂「本體」必須在此先說明，其係指某類實在事物（這裡當然是專就詩歌而言）的本身或本質，並非指形上學上的超越、普遍、先驗之「本體」概念，也非「文體論」中「體」之概念。〔註2〕準此，明代文人所尋求之「詩歌本體」即是詩歌本質。另外，針對「體」，我們可再分析爲內在之質性與外在之形象特徵。因此，「詩歌本體」又意指詩歌之成爲詩歌所必具備的內在質性（題材及主題內容）與外在之形象（語言形式）特徵。那麼詩歌之「體」應該爲何？〈詩大序〉曾提到：

> 詩者，志之所之也，在心爲志，發言爲詩。情動於中而形於言，言之不足，故嗟歎之；嗟歎之不足，故永歌之，永歌之不足，不知手之舞之，足之蹈之也。〔註3〕

〔註 2〕「文體論」是魏晉六朝始興的論述，爲文類分化之後就某文類之體製、體要、體貌所作之論述，其「體」字的概念涵有「形構」、「樣態」之義，和此處「體」所言不同。有關「文體論」之「體」義，可見顏崑陽著，〈論文心雕龍「辯證性的文體觀念架構」〉，收入《六朝文學觀念叢論》（台北：正中書局，1993 年 2 月），頁 94～187，又可見其〈論「文體」與「文類」的涵義及其關係〉（《清華中文學報》第 1 期，2007 年 9 月），頁 39～43。

〔註 3〕〔漢〕毛亨傳·〔漢〕鄭玄箋·〔唐〕孔穎達疏，《十三經注疏·毛詩正義》（上）（北京：北京大學出版社，1999 年 12 月），卷 1，頁 6。

此處可以發現，〈詩大序〉認為詩歌是透過語言所表達出來的產物，然則進一步追問，語言是如何發生的呢？〈詩大序〉提及：「情動於中而形於言」，也就是人由於心中產生了「情感」，接著便以語言方式傳達出內心的感覺，可見語言之發生是依據「情動」而來，此也正是詩歌產生之原因，即「情動」→語言→詩歌。然而，「情」「動」的原因何在？我們留待後文處理。此外，從「言之不足，故嗟歎之；嗟歎之不足，故永歌之，永歌之不足，不知手之舞之，足之蹈之也」可察覺，「嗟歎」、「永歌」以至「手之舞之，足之蹈之」正顯示出因為人所感受到的「情感」強、弱不同，而其表達出來之方式也會有所相異。

不過，我們另外發覺到〈詩大序〉說：「詩者，志之所之也，在心為志，發言為詩」，其中「志」係指人的意向，故〈詩大序〉此意即詩人在心中產生了意向，接著便以語言之方式表達他的意向，這就是詩。然則此處出現一個問題，上文談到，詩歌是由於人「情動」後以語言方式表達其內心感覺的產物，但〈詩大序〉這裡卻又指出其係以語言方式表現詩人意向所在之產物。由此來看，「情」、「志」皆為構成「詩歌本體」的要素，然而我們便要問，〈詩大序〉提到的「情」、「志」是否有差異？對此，顏崑陽認為〈詩大序〉所言之「意向」，也就是「志」，其已經指涉了詩人將「情」的經驗題材與「志」的意圖主題辯證融合之後所完成的那一有機性詩體的內涵，準此，他指出「志」有二層義，第一層義指詩歌未完成之前，與「情」為對而可區別之價值意向；第二層義則指詩歌已完成之後，與「情」辯證融合所形成的價值意向。〔註4〕由此可見，〈詩大序〉在觀念上已經融攝了「情」、「志」兩種要素。

了解〈詩大序〉中「情」、「志」之關係後，接著我們便繼續追問，

〔註 4〕見顏崑陽，〈從〈詩大序〉論儒系詩學的「體用」觀──建構「中國詩用學」三論〉，收入《第四屆漢代文學與思想學術研討會論文集》（台北：政大中文系出版，2003 年 4 月），頁 301～307。

「情」何以「動」？又，詩人之意向所指為何？首先，「情」「動」的部份，我們知道主觀內在之「情」不會無因而動，必然受到客觀外在之「境」所觸發，而根據整個〈詩大序〉的內容來看，可察覺「情」動之原因乃是感於「政教」的外境而生，而在此觀點下，詩人之「志」也必然是「關乎政教之志」。〔註5〕此正為〈詩大序〉對「詩歌本體」所描述的內容質性，即「心物交用、群己不二、情志融合」。〔註6〕

至於詩歌的外在形象，即其語言形式特徵，〈詩大序〉認為是如何的呢？關於此，〈詩大序〉並沒有詳細解釋，但孔穎達疏曰：「風、雅、頌者，詩篇之異體；賦、比、興者，詩文之異辭耳。」〔註7〕所謂「體」指的是體製；〔註8〕「辭」則為語言文字，此處孔穎達指出

〔註5〕 以上內容可見顏崑陽，〈從〈詩大序〉論儒系詩學的「體用」觀──建構「中國詩用學」三論〉，收入《第四屆漢代文學與思想學術研討會論文集》，頁297～314。另外必須指出，以〈詩大序〉中的「情」來看，就「情」的經驗實質義涵去分析，在漢代儒系的詩學中，此「情」必須被規定在對「政教」社會情境所反映的經驗，這就涉及到「情動」由於「感物」的觀念。若依〈樂記〉到〈詩大序〉的論述脈絡，所感之物，其實質義涵並非「自然景物」或廣義的宇宙萬物，而是「社會事物」。而魏晉六朝提出的「詩緣情」，此「情」也是「感物」而動，所不同的是，由於歷史文化情境的變遷，從先秦兩漢「群體意識」的生命存在價值觀轉為魏晉六朝「個體意識」的生命存在價值觀。不但個體生命意識覺醒，以「政教」為中心的群體普遍價值觀退位，代之而起的是以個人「情意」為中心的個殊價值觀，這種「情意」不必關乎政教。因此「言志」觀念就相應於《詩經》，尤其是風、雅的作品，這一類型的詩歌，其特質就是作品中所表現的是時代人們關乎政教的「普遍情志」，而不是詩人一己的情感；而「緣情」觀念則相應於晉代逐漸興起的個人抒情詩，其特質就是作品中表現的是詩人一己的情志，不必關乎政教。同其著作，頁299～307、頁322～323。

〔註6〕 顏崑陽，〈從〈詩大序〉論儒系詩學的「體用」觀──建構「中國詩用學」三論〉，收入《第四屆漢代文學與思想學術研討會論文集》，頁313～315。

〔註7〕 〔漢〕毛亨傳・〔漢〕鄭玄箋・〔唐〕孔穎達疏，《十三經注疏・毛詩正義》（上），卷1，頁12。

〔註8〕 「體製」當指文體之「形構」，並且多繫屬某一特定文類而言，為「基模性形構」之義，而「基模性形構」指的則是先於個別作品而既定

了風、雅、頌是不同之體製，且其係組成《詩經》的主要部份；至於賦、比、興則爲詩歌所使用不同之語言文字技巧，即所謂的「表現手法」，因此，我們可以得知賦、比、興是詩歌的語言形式特徵，其中〈詩大序〉又特別重視「比興」，然而，其語言形式是如何表現呢？它提到：「主文而譎諫」，〔註9〕鄭玄箋：「主文，主與樂之宮商相應也。譎諫，詠歌依違，不直諫也。」〔註10〕故「主文而譎諫」之意爲用合於宮商相應之文，並以婉約之言辭進行諫勸，而不直言君王的過失，當中「譎諫」便係使用「比興」所表達出來的語言形式，故鄭玄曾云：「比，見今之失，不敢斥言，取比類以言之；興，見今之美，嫌於媚諛，取善惡以喻勸之。」〔註11〕準此，就〈詩大序〉而言，其所言之詩歌語言形式特徵有二，即是「聲應宮商、辭依比興」。〔註12〕

另外必須指出，既然〈詩大序〉指出了「詩歌本體」，那麼於「體用相即不離」〔註13〕之觀念下，其對詩歌之「用」爲何？上文我們得知詩歌之「體」是緣生於對「政教」所主導的社會性經驗（情）及價值觀念（志），其「用」當然也是必須回歸到政教對社會情境的化成與價值觀念之導達，對此，〈詩大序〉曾將詩之「用」分爲兩層：第

的形構。以上見顏崑陽〈論「文體」與「文類」的涵義及其關係〉，頁16，頁22～23。

〔註 9〕〔漢〕毛亨傳・〔漢〕鄭玄箋・〔唐〕孔穎達疏，《十三經注疏・毛詩正義》（上），卷1，頁13。

〔註10〕〔漢〕毛亨傳・〔漢〕鄭玄箋・〔唐〕孔穎達疏，《十三經注疏・毛詩正義》（上），卷1，頁13。

〔註11〕〔漢〕毛亨傳・〔漢〕鄭玄箋・〔唐〕孔穎達疏，《十三經注疏・毛詩正義》（上），卷1，頁11。

〔註12〕顏崑陽，〈從〈詩大序〉論儒系詩學的「體用」觀——建構「中國詩用學」三論〉，收入《第四屆漢代文學與思想學術研討會論文集》，頁314～315。

〔註13〕朱熹對於「體用」一詞有四種定義：（1）事物之本身與其運用（2）體乃用之源（3）體用可指一事物之兩態（4）體乃用之原因。見韋政通主編，《中國哲學詞典大全》（台北：水牛圖書出版公司，1983年），頁854～855。由上述可見，不管是哪一種定義，「體」與「用」都是相即不離，至於本文所謂的「體用」則指第一種。

一層是事物因其「體」本具而未衍外之「功能」，就主觀面來說，便是發抒社會群體性的情感經驗與價值意向；從客觀面來說，則是反映了政教治亂所形成的整體社會情境；此外，第二層之「用」乃是詩之「體」已衍外而作用於事物所產生的「效應」，這一層詩用對外有明確的「指向性目的」，「目的」包括了對象性的「接受者」與價值性的「預期效果」，此係以「詩」爲「媒體」的一種「社會行爲」，從這行爲的互動關係而言，它包涵了使用者、受用者、媒體與預期效果等四個要素，其「媒體」都是「詩」，但由於使用者、受用者與預期效果的改變，這一層詩「用」還可分析爲「下刺上」與「上化下」兩種次型。〔註14〕

綜合以上來看，由〈詩大序〉中我們便可清楚得知其詩學「體用觀」。不過要特別說明的是，此爲先秦至漢代儒系者以〈詩大序〉解詩時所給予特殊規定的詩學「體用觀」，〔註15〕因此，當我們要探討「詩歌本體」時，必須討論其一般性而非特殊性，然而其一般性爲何呢？上文談到〈詩大序〉解釋了詩歌起源乃是基於「抒情衝動」，之後詩人便會進一步透過言語之「聲」表達其情感，故〈詩大序〉云：「情發於聲」〔註16〕，正義曰：「情發於聲，謂人哀樂之情發見於言語之聲。」〔註17〕由此可見，「情」已經是詩歌產生的重要構成因素，此便是詩歌內在質性，而「聲」則係其表現出來的語言形式特徵，即

〔註14〕顏崑陽，〈從〈詩大序〉論儒系詩學的「體用」觀——建構「中國詩用學」三論〉，收入《第四屆漢代文學與思想學術研討會論文集》，頁315～316。

〔註15〕所謂「儒系」是指由於秦漢後儒家續有發展，其雖以儒爲根本，卻吸納他家之學而變化其面目，不過變而未離其本，仍可視爲「儒」，如此前後傳承而形成一種統系而稱之。見顏崑陽，〈從〈詩大序〉論儒系詩學的「體用」觀——建構「中國詩用學」三論〉，收入《第四屆漢代文學與思想學術研討會論文集》，頁288。

〔註16〕〔漢〕毛亨傳・〔漢〕鄭玄箋・〔唐〕孔穎達疏，《十三經注疏・毛詩正義》（上），卷1，頁7。

〔註17〕〔漢〕毛亨傳・〔漢〕鄭玄箋・〔唐〕孔穎達疏，《十三經注疏・毛詩正義》（上），卷1，頁7。

外在形象。

　　準此，就明代文人所言之「真詩」觀念來看，其所追求的「詩歌本體」即為詩歌「抒情」部份而非「詩歌之用」，也就是「情」係詩歌的質料與結構，「抒情」則是其本具之功能，換句話說，明代文人「真詩」觀念之提出，所重視的係「詩歌功能」而非其「衍外效用」。不過要注意的是，當中詩人被引發之「情」不必關乎政教，其可為由遊山玩水、賞花等所引發而產生之「情」。那麼再進一步追問，他們何以要談「詩歌功能」？既然「真詩」所談的是詩歌本質——「情」，那麼所謂「偽詩」在其對立的情況下就是沒有「情」，然而，為何當時詩人作詩沒有「情」呢？另外，在「真詩」的創作上，明代文人所持看法是否相同？這些問題都是接下來所要處理的，不過在此之前，我們必須先了解他們當時面對的文學環境是什麼狀況，為何寫作時會產生「偽詩」？如此才可以明白何以他們會提出「真詩」觀念。

二、明人對「偽詩」的反思

　　經由上文之探討我們可以得知，明代文人所言之「真詩」重視的為詩歌本質——「抒情」，也就是說，他們認為詩歌表現出來若沒有作者情感在其中，就不能算是詩歌，由此可見，反應出了當時雖有詩歌寫作，但內容卻沒有表達出詩人的情感，故「真詩」及「偽詩」之差異便係在於詩歌內容有無作者「情感」。據此，我們便要進一步追問，為何當時詩人寫詩時沒有「情感」在其中？

　　因此，我們就必須根據他們提到「真詩」一詞的文本中進行了解，而前文也提到，「真詩」提出者有王叔武、李開先、王世貞、袁宏道兄弟、江盈科、鍾惺、譚元春、蔡復一等人，依照他們所提及之內容來看，我們大致可歸納成三種看法進行討論：(1)「真詩在民間」；(2)以「真我」、「性靈」創作「真詩」；(3)「向古人求真詩」。筆者分別說明之。

（一）「真詩在民間」

關於此觀念的提出者有王叔武、李開先、袁宏道兄弟。李夢陽〈詩集自序〉中記載其與王叔武之對話：

> 李子曰：「曹縣蓋有王叔武云，其言曰：『夫詩者，天地自然之音也。今途咢而巷謳，勞呻而康吟，一唱而群和者，其真也，斯之謂『風』也。孔子曰：『禮失而求之野。』今真詩乃在民間。而文人學子，顧往往爲韻言，謂之詩。」
> 〔註18〕

此處可以發現王叔武之所以提出「真詩在民間」的觀念，是有感於「文人學子，顧往往爲韻言，謂之詩」的弊病，而這裡「文人學子」是泛指讀書仕進之人。可見，那些「文人學子」當時在寫詩時都是作王叔武口中所認爲的「韻言」，然則何謂「韻言」？且何以作「韻言」就是「偽詩」？其特徵爲何？而在其對照面下，王叔武便提出了「真詩在民間」之觀念，那麼他何以指出「詩歌是天地自然之音」？其中「途咢而巷謳，勞呻而康吟，一唱而群和者」跟「真詩」有著什麼樣的關係？當中「真」有何特別義涵？然而，「民間」跟「文人學子」所作詩歌到底差異何在？何以認爲真詩在「民間」？

李開先〈市井艷詞序〉也提及：

> 正德初尚〈山坡羊〉，嘉靖初尚〈鎖南枝〉，一則商調，一則越調。商，傷也；越，悅也；時可考見矣。二詞譁於市井，雖兒女子初學言者，亦知歌之。但淫艷褻狎，不堪入耳，其聲則然矣。語意則直出肺肝，不加雕刻，俱男女相與之情，雖君臣友朋，以多有託此者，以其情尤足感人也。故風出謠口，真詩只在民間。〔註19〕

李開先這裡分別指出了〈山坡羊〉與〈鎖南枝〉的特色，即「一則商

〔註18〕〔明〕李夢陽著，《空同先生集·詩集自序》（第四冊），卷 50，頁 1436。

〔註19〕〔明〕李開先著·卜健箋校，《李中麓閒居集·市井艷詞序》，收入《李開先全集》（上）（北京：文化藝術出版社，2004 年 8 月），頁 469。

調，一則越調。」然而此意為何？他提及：「商，傷也；越，悅也」，可見李開先是透過兩首民歌的聲調來判斷其情感，不過，他針對這兩首民歌之內容提出批評，認為其粗俗、艷麗而不端莊，甚至「不堪入耳」，儘管如此，他卻認為它們表現出來的「情感」真實、質樸、自然，完全沒有絲毫造作，且「其情尤足感人」，故此情形下，他指出：「真詩只在民間」。由此我們得知李開先明顯指出了民間詩歌的特色，即具有「情」、「聲」。另外，這裡雖沒有提及所指涉文人或作品，但相對於「民間」的觀念下，李開先就已經預設了文人所作的都是「偽詩」——即缺乏「情」、「聲」，那麼文人所作之詩歌為何缺乏「情」、「聲」？主要原因在於李開先認為他們作詩「語意不出肺肝」、「太過雕飾」，然則何以他以為如此就不是「真詩」？而他所指作「偽詩」的文人是誰？為何他們寫詩時會「語意不出肺肝」、「太過雕飾」？

袁宏道曾於〈答李子髯〉詩其二說：

> 當代無文字，閭巷有真詩。〔註20〕

此處所謂「文字」是泛指一切詩文；「閭巷」則為鄉野民間，也就是指生活於民間之百姓。可見他認為「真詩」是存在於民間，故在此基礎上，袁宏道其實也就預設了文壇中沒有「真詩」，既然如此，那麼當時文壇是誰在寫作「偽詩」？以至於讓他指出僅民間存有「真詩」？

另外，袁中道在〈遊荷葉山記〉提到與袁宏道一同出遊時，回途中突然聽到：

> 有聲自東南來，慷慨悲怨，如嘆如哭。即而聽之，雜以轆轤之響。予乃謂二弟曰：「此憂旱之聲也。夫人心有感于中，而發于外。喜則其聲愉，哀則其聲悽。女試聽夫酸以楚者，憂禾稼也；沉以下者，勞苦極也；忽而疾者，勸以力也。……真詩其果在民間乎！」〔註21〕

〔註20〕〔明〕袁宏道著‧錢伯城箋校，《敝篋集‧答李子髯其二》，收入《袁宏道集箋校》（上）（上海：上海古籍出版社，2008年4月），卷2，頁81。

〔註21〕〔明〕袁中道著‧錢伯成點校，《珂雪齋集‧遊荷葉山記》（中）（上

由這段文字我們發現，袁中道指出：「夫人心有感于中，而發于外。」
可見人的內心有所感動而產生情感後，接著便會藉由聲音表達其情
緒，而聲音與情緒之關係，袁中道提及：「喜則其聲愉，哀則其聲悽。」
在此觀點下，他甚至從「酸以楚」、「沉以下」、「忽而疾」等「聲音」
來判別民間百姓「憂禾稼」、「勞苦極」、「勸以力」等行為。因此，袁
中道說：「眞詩其果在民間乎！」此即顯示出民間詩歌的產生係與人
民「情感」、「聲音」有絕對之關係。同樣地，袁中道指出了「眞詩在
民間」的觀念，便已經預設文壇中的文人寫詩時沒有「情感」的觸發，
但何以他們作詩時沒有「情感」？袁中道所批判的對象是誰？

　　綜合上述觀點我們可以察覺，由於當時文壇出現了「僞詩」，因
此「眞詩在民間」觀念之提出就是要解決此問題。而所謂的「眞詩」
和「僞詩」已由前文得知，其差異在於詩人作詩時有無「情感」產生，
並進一步透過語言形式特徵——「聲音」表達其情緒，而於此差別下，
何以「民間」就能有「眞詩」？對此，袁中道所言之「夫人心有感于
中，而發于外」便指出了重點，因為前面我們提及，人的情感必須藉
由外在客觀環境引發，如〈詩大序〉提到「情感」產生便係由外境—
—「政教」而引發，由此可見，文壇中之詩人並沒有受到外在客觀環
境引發情感而作詩，然則，其中原因何在？又，文壇中作「僞詩」之
詩人是否有特定對象？而他們所說的「文壇」與「民間」是指「社會
階層」抑或「空間」之概念？另外，既然王叔武等人提出了「眞詩在
民間」之觀念，是否表示要所有文人皆去學習民間詩歌？

（二）以「眞我」、「性靈」創作「眞詩」

　　除了「眞詩在民間」觀念外，當時另有文人主張以「眞我」、「性
靈」去創作「眞詩」，如王世貞〈鄒黃洲鷦鷯集序〉曰：

　　矩矱往昔與近季北地、歷下之遺則……。其不爲捧心而爲
　　抵掌者多矣。不佞故不之敢許，以爲此曹子方寸間先有它
　　人而後有我，是用於格者也，非能用格者也。……蓋有眞

我而後有眞詩。〔註22〕

所謂「北地」指的是李夢陽，而「歷下」則爲李攀龍。此處王世貞指出了近代學詩者都爭相學習他們所留下來的詩歌法則，但王世貞認爲作詩並不能如此，接著他便以曹子爲例，〔註23〕批評他作詩前先在心中立了一個學習典範，並從中表現出自己的風格，但王世貞覺得這是被「格」所侷限，他表示作詩者應該主動地用「格」才能表現出自我，故他說：「有眞我而後有眞詩」。可見他認爲作詩時沒有「眞我」就是「僞詩」，那麼「眞我」之意爲何？其與「情」又有什麼樣的關係？而所謂的「格」係指什麼？當中，王世貞指出「用於格者」和「用格者」之意又爲何？另外，何以作詩之前不能先於心中立了一個學習典範？既然如此，是否意謂後進者在學習詩歌之前不必參考前人作品？若答案爲否定，然則又該如何於前人典範中轉出自己的面目？

此外，袁宏道則在〈敘小修詩〉裡提到他弟弟袁中道個性喜歡揮霍，且常常沉湎於玩樂之中，最後導致又貧又病，但他卻不改其個性，只是在沒有金錢與生病的情況下，心有餘而力不足，因此便發出了許多憂傷的心緒，〔註24〕故袁中道便將這種情緒用詩歌來表達，而當袁宏道讀到他的作品後便說：「大概情至之語，自能感人，是爲眞詩，

〔註22〕 〔明〕王世貞著，《弇州山人續稿・鄒黃洲鷦鷯集序》，收入《景印文淵閣四庫全書》（第 1282 冊）（台北：台灣商務印書館，1983 年），卷 51，頁 663。

〔註23〕 關於曹子，王世貞並未在文中談及此人全名，但根據卓福安針對王世貞所交游過人物作一介紹，其中大抵有：曹昌先、曹益學、曹大同、曹達、曹覆齋、曹祥等人，詳細介紹見卓福安《王世貞詩文論研究》（台中：私立東海大學中文研究所博士論文，2002 年），頁 449、460、463、467、468。然而不管指誰，表示當時有人學詩時是遵循著李夢陽和李攀龍留下的法則。

〔註24〕 「弟既不得志於時，多感慨；又性喜豪華，不安貧窘；愛念光景，不受寂寞。百金到手，頃刻都盡，故嘗貧；而沉湎嬉戲，不知樽節，故嘗病；貧復不任貧，病復不任病，故多愁。」〔明〕袁宏道著・錢伯城箋校，《錦帆集・敘小修詩》，收入《袁宏道集箋校》（上），卷 4，頁 188。

可傳也。」〔註25〕此處袁宏道指出袁中道之詩歌內容不僅含有情感外，還能夠感人，因此認爲其作品即爲「眞詩」。由此可見，袁中道是由於生活上之困境，所以他便藉由詩歌表現出其情緒，故此即爲袁中道「情」動之原因，然而，在袁中道根據「情」而作出「眞詩」之情況對照下，何以其他文人卻不然，那些文人當時作詩是依據什麼？導致他們作出「僞詩」？其中文人是否有指涉對象？

另一位公安派成員江盈科在〈敝篋集引〉提到：

> 世之稱詩者，必曰唐；稱唐詩者，必曰初曰盛。爲中郎不然，曰：「詩何必唐，何必初與盛？」要以出自性靈者爲眞詩爾。〔註26〕

由「世之稱詩者，必曰唐；稱唐詩者，必曰初曰盛」，當中所謂「稱唐詩者，必曰初曰盛」，即是復古派「詩必盛唐」之主張，故江盈科此處所指涉之對象即係復古派，且他還進一步引袁宏道所說的：「『詩何必唐，何必初與盛？』要以出自性靈者爲眞詩爾。」由此得知，袁宏道表示只要作者「出自性靈」所作的詩，此便是「眞詩」，故是否意謂袁宏道認爲作詩時不必參考前人作品？甚至反對「復古」？另外，既然「出自性靈」所作的詩即爲「眞詩」，那麼此與前文所提及的，當袁宏道讀完袁中道之作品後說：「大概情至之語，自能感人，是爲眞詩，可傳也。」這兩者是否有關係？若有，其中「情」與「性靈」關係爲何？又，「性靈」之意是什麼？其與「眞詩」關聯性何在？而專就袁宏道所言的「眞詩」觀念來看，當中他抨擊的對象是否即爲「復古派」？

準此，根據此觀念之提出我們可以發現，其所注重的爲「個人主體」表現，也就是作者在寫詩時有無展現「眞我」或「性靈」？而我們也提到，「眞詩」所重視的爲作者於寫作詩歌前是否有「情」動，

〔註25〕〔明〕袁宏道著・錢伯城箋校，《錦帆集・敍小修詩》，收入《袁宏道集箋校》（上），卷4，頁188。

〔註26〕〔明〕江盈科著・黃仁生輯校，《雪濤閣集・敝篋集引》，收入《江盈科集》（湖南：岳麓書社，1997年4月），卷8，頁398。

既然如此，那麼「眞我」、「性靈」與「情」的關係何在？而「眞我」、「性靈」之義到底是什麼？兩者是否有差異？當時又是哪些文人作詩不出於「眞我」或「性靈」？此外，我們發現針對寫詩之前需不需要參考前人作品看法上有所不同：王世貞認爲詩人應該要主動用「格」，但要如何從前人作品中轉出詩人自己的風格呢？至於袁宏道則表示只要詩人作詩時能「出自性靈」，此便即係「眞詩」。然而，何以在「眞詩」的創作上會出現此兩種不同看法？兩者是否有差異？

（三）「向古人求眞詩」

主張以「眞我」、「性靈」創作「眞詩」之後，後來則有人提出了「向古人求眞詩」，如鍾惺在〈詩歸序〉中說：「眞詩者，精神所爲也。」〔註27〕可見他認爲的「眞詩」必須以「精神」去創作，然而，「精神」之意爲何？其與「情」的關係何在？又，「精神」和「眞我」、「性靈」的意義是否相同？另外，鍾惺爲何要特別提出「精神」？他提到：

> 途徑者，不能不異者也，然其變有窮也。精神者，不能不同者也，然其變無窮也。……其究途徑窮而異者與之俱窮，不亦愈勞而愈遠呼？此不求古人眞詩之過也。〔註28〕

此處鍾惺指出了學詩有兩種方法：一種爲「途徑」；另一種則是「精神」，他認爲前者終究有窮盡之時，故曰：「其變有窮也」；若由後者入手則「其變無窮也」。由此可見，當時作詩者皆係由「途徑」入手，故他表示作詩時應根據「精神」，另外，他提到：「不求古人眞詩之過」，言下之意即說明了古人皆以其「精神」作「眞詩」，但爲何要「向古人求眞詩」？而同樣是向「古人」學習，其與前後七子所提出的詩歌學習典範差異何在？此外，鍾惺還提及：「惺與同邑譚子元春憂之，內省諸心，不敢先有所謂學古不學古者，而第求古人眞詩所在。」〔註29〕

〔註27〕〔明〕鍾惺著·李先耕·崔重慶標校，《隱秀軒集·詩歸序》（上海：上海古籍出版社，1992年9月），卷16，頁236。

〔註28〕〔明〕鍾惺著·李先耕·崔重慶標校，《隱秀軒集·詩歸序》，卷16，頁236。

〔註29〕〔明〕鍾惺著·李先耕·崔重慶標校，《隱秀軒集·詩歸序》，卷16，

此意謂鍾惺與譚元春在作詩時，並沒有說明自己是「學古」或「不學古」，而係先「內省諸心」，進一步地「第求古人眞詩所在」，也就是去探求古人「精神」所在，由此可得知，鍾惺與譚元春所面對的文學環境有兩派主張：即提倡「學古」或「不學古」者。然則，我們便追問，什麼是「古人眞詩」？如何「求古人眞詩」？當中「古人」是否有特定對象？「學古」或「不學古」之提倡者是誰？

　　另外，蔡復一則從「詩樂」角度談「眞詩」，他在〈寒河集序〉中說：

　　　　詩樂致一也。《三百篇》何刪哉？存其可以樂者而已。詩而
　　　　不可樂，非眞詩也。〔註30〕

又說：

　　　　樂亡而稱詩者，離音而事藻，離感而取目，而眞詩危。〔註31〕

此處明顯察覺，蔡復一認爲的「眞詩」必須要與「樂」結合，不過必須先說明，「樂」並非說「音樂」，而是指「有規律而和諧動人的聲音」。準此便明白，蔡復一認爲詩歌必須搭配「樂」才能稱爲「眞詩」，而前文我們提過「聲音」是由「情感」而來，因此，蔡復一所面對的即爲詩人作詩時沒有「情感」的文學環境，那麼他指涉的對象是誰？另外，這裡提出的「樂」即「聲音」，與袁宏道兄弟所提到之「聲音」是否相同？

　　因此，「向古人求眞詩」之觀念提出，明顯又從作者個人之「眞我」、「性靈」轉向了「古人」，但何以會有這樣的轉變？當時文學環境又是如何？鍾惺不斷強調「精神」的重要，然而該怎麼去得知古人「精神」？另外，蔡復一卻從「詩樂」角度去談「眞詩」，其所主張的觀念與鍾惺是否有不同？

　　　　頁236。
〔註30〕〔明〕蔡復一著，〈寒河集序〉，收入〔明〕譚元春著‧陳杏珍標校，《譚元春集》（上海：上海古籍出版社，1998年12月），頁943。
〔註31〕〔明〕蔡復一著，〈寒河集序〉，收入〔明〕譚元春著‧陳杏珍標校，《譚元春集》，頁943。

綜合以上三種「真詩」觀念，我們可以看見他們各自所面對的「偽詩」情況皆不相同，因此，他們提出的解決方法也有所相異。不過，我們卻可以發現，在他們提出「真詩」觀念的同時，他們是有發言位置。對此，我們可借用劉若愚《中國文學理論》一書中，他對中國文學總體情境所劃分之階段而所作的區分：

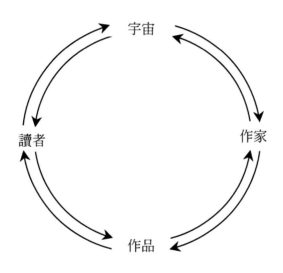

他於文中提到，第一階段中，宇宙影響作家，作家反應宇宙。由於這種反應，作家創造作品：這是第二階段。當作品觸及讀者，它隨即影響讀者：這是第三階段。在最後一個階段，讀者對宇宙的反應，因他閱讀作品的經驗而改變。如此，整個過程形成一圓圈（見上圖）。同時，由於讀者對作品的反應，受到宇宙影響他的方式所左右，而且由於反應作品，讀者與作家的心靈發生接觸，而再度捕捉作家對宇宙的反應，因此這個過程也能以相反的方向進行，所以圖中箭頭指向兩個方向。〔註32〕故針對上文王叔武等人面對「偽詩」狀況所提出的解決

〔註32〕劉若愚著‧杜國清譯，《中國文學理論》（台北：聯經出版事業，1985

方式來看，他們的發言位置分別爲：王叔武、李開先、袁中道是在「宇宙」與「作者」之間，其中「宇宙」可指外在的客觀事物、環境，也就是「眞詩在民間」之觀念提出，主要是因爲文壇詩人作詩時，沒有藉外在的客觀事物引發其「情感」，此我們可稱之爲「寫作動機」；而王世貞、袁宏道之「眞詩」觀念，上文提及，他們重視的係作者作詩時是否出於「眞我」抑或「性靈」，故他們的發言位置是在「作家」與「作品」之間；至於鍾惺提到：「求古人眞詩」，可見他認爲要作「眞詩」，必得先透過古人才可求得，故其發言位置是在「讀者」與「作品」之間，而當中鍾惺便係扮演「讀者」身分。

準此，針對他們提出不同的「眞詩」觀念，我們產生了許多疑問，故爲了討論方便，筆者將對此簡化成三部份，以方便掌握本論文在解決這些問題時，能夠有清楚的方向：(1)他們所面對的文學環境爲何？以及作「僞詩」者爲誰？(2)「寫作動機」部分，詩人之「情」該如何被引發？(3)作者有了「寫作動機」後，接著就是「表現」問題，即該怎麼創作出他們所謂的「眞詩」。其中我們發現，前文分析到他們的「眞詩」觀念時，王世貞、鍾惺並不反對詩歌寫作學前人作品，甚至鍾惺還直接提出「求古人眞詩」，另外，我們也看到江盈科引袁宏道的話：「『詩何必唐，何必初與盛？』要以出自性靈者爲眞詩爾。」可見袁宏道反對作詩「學古」。由此看來，是否表示「眞詩」觀念的提出與明代「復古」思潮有關？

由上文得知，「眞詩」的提出與「情」係脫不了關係，另外，其實明代也有其他文人主張「詩歌抒情功能」，如李東陽：「詩之體與文異，……蓋其所謂有異於文者，以其有聲律諷咏，能使人反覆諷咏，以暢達情思。」〔註33〕此處李東陽指出了詩文體製的不同，但卻可從中發現針對詩歌「情」、「聲」方面，他認爲這是詩歌最獨

年 8 月)，頁 12～14。

〔註33〕〔明〕李東陽著·周寅賓點校，《李東陽集·文前稿·滄州詩集序》（第 2 卷）（湖南：岳麓出版社，1985 年 11 月），卷 5，頁 72。

特的地方；王文祿也表示詩歌是「詩詠於口也，聲爲主。」〔註34〕
詩既以聲爲主，那麼它的特色何在？故他又說：「詩以陶性情，道
在其中。」〔註35〕由此可明白詩歌是詩人情感之表現；何景明：「詩
本性情之發者也。」〔註36〕屠隆也指出：「詩者非他人聲韻而成詩，
以吟咏寫性情者也」〔註37〕……等等。由上看來，先不管他們所面
對的文學環境爲何，從中可察覺針對「詩歌抒情功能」一直是明代
人所不斷強調。

　　因此，本文除了探討「眞詩」觀念提出原因外，針對其觀念之提
出與明代「復古」思潮是否有關，以及其與其他「詩歌抒情功能」主
張差異何在等問題，也是本文所要探討的問題，換句話說，透過這樣
的討論才能得知，明代「眞詩」觀念在當時所隱含的眞正意義。

第二節　前人研究成果概況

　　關於近現代學者對明代「眞詩」觀念的研究成果，目前還尚未
有專題式的討論，不過針對明代文人提出「眞詩」觀念之議題討論，
我們可以從以下幾類前人研究成果得知：第一類是將「眞詩」的問
題歸入一人的詩學中而非專題研究，如卓福安《王世貞詩文論研究》
〔註38〕、許璧如《鍾惺詩學理論研究》〔註39〕等；第二類則是從明
代詩派或其主要理論的角度切入，而帶到有關「眞詩」的觀念，如：

〔註34〕〔明〕王文祿，《文脈》（台北：台灣商務印書館，1966 年 3 月），卷
　　　　1，頁 9。
〔註35〕〔明〕王文祿，《文脈》，卷 1，頁 9。
〔註36〕〔明〕何景明，《大復集・明月篇序》，收入《景印文淵閣四庫全書》
　　　　（第 1267 冊）（台北：台灣商務印書館，1983 年），卷 14，頁 123
　　　　～124。
〔註37〕〔明〕屠隆，《由拳集・與友人論詩文》，收入《續修四庫全書》（第
　　　　1360 冊）（上海：上海古籍出版社，2002 年），卷 23，頁 296。
〔註38〕卓福安，《王世貞詩文論研究》。
〔註39〕許璧如，《鍾惺詩學理論研究》（高雄：國立中山大學中文研究所碩
　　　　士論文，2006 年）。

龔顯宗《明七子派詩文及其論評之研究》〔註40〕、吳瑞泉《明清格調詩說研究》〔註41〕；第三類則是探討中國「情味」歷史發展時，專章討論明代的「眞詩」觀念，如王文生《中國美學史——情味論的歷史發展》。〔註42〕

　　從這些前人研究成果我們可以發現，關於明代「眞詩」觀念的研究不乏其人，且這些研究者探討到明代文人各自的「眞詩」觀念時，亦同意此觀念的提出與「情」有絕對之關係。不過在處理此議題時有些尚未探究到，甚至誤解的地方，例如：有學者認爲明代文人「眞詩」的提出主要想追求儒家的「中正之音」或恢復儒家詩教，秉持此說法的學者有簡錦松《李何詩論研究》，他指出李夢陽談到「眞詩乃在民間」，其有兩目的：一爲藉著傳統上認爲民間之詩情多的觀念，以反襯出文人學士之作寡於情的缺點；二則係要進行采風的工作，因爲民謠是風詩的延續，接著他又認爲李夢陽學古是爲了復古，但復古不單是文學上以古爲範式，還希望對政教有益，即恢復六藝詩教，所以要讓詩歌都成爲「眞詩」，回復風雅頌精神。〔註43〕另外，蕭家怡〈李夢陽《空同子》敘錄〉提到，當李夢陽了解「眞詩在民間」之後，並非是對民間文學作品的推崇，而是想藉此追求「中正之音」，並且還出於對雅頌流行之盛世慾望。〔註44〕王文生《中國美學史——情味論的歷史發展》則指出，「眞詩」論的實質，就是要維護感情的自然以對抗儒家名教的扭曲和理性的規範，就是爲了維護感情的自由直抒以防止雕章琢句對感情的虛飾，歸根到底，「眞詩」論是對長期占統治

〔註40〕龔顯宗，《明七子派詩文及其論評之研究》（台北：國立台灣師範大學中文研究所博士論文，1978年）。

〔註41〕吳瑞泉，《明清格調詩說研究》（台北：私立東吳大學中文研究所博士論文，1987年）。

〔註42〕王文生著，《中國美學史——情味論的歷史發展》（上卷）（上海：上海文藝出版社，2008年10月）。

〔註43〕簡錦松，《李何詩論研究》，頁180～202。

〔註44〕蕭家怡，〈李夢陽《空同子》敘錄〉（《東方人文學誌》第6卷第4期，2007年4月），頁101～128。

地位的儒家文藝思想的反動，是對「繁采寡情，味之必厭」的文藝形式主義的挑戰。〔註45〕之後，他又表示明代文學中真詩、假詩之爭，就其實質而言，是「明道立政」與「直抒真情」的文學性質之爭。情感與道德原則政治立場有千絲萬縷的聯繫，但不能因此要求文一直皆表現道德、政治，或簡單地為道德、政治服務，在中國五千年歷史中，作為思想主流的儒家之道最大特點就是「持人之情」，也就是限制、扭曲、規範人情以符合他們的政治、道理理想，明代文人提倡真詩，要求抒發真情，是對儒家之道的一種反動。〔註46〕

　　關於「真詩」一詞，我們已於前文提到，其是在追求「詩歌本體」──「抒情」，雖然簡錦松、蕭家怡和王文生皆說明了「真詩」之提出，乃是由於當代「文人學子」「寡情」、反對雕章琢句對感情的虛飾，但卻未進一步對其原因詳論，而指出「真詩在民間」觀念的提出是由於李夢陽要恢復「儒家詩教」或對儒家之道的一種反動，當中提倡「真詩」以恢復「儒家詩教」此已屬於詩歌的「衍外效用」，並不能算是「真詩在民間」觀念提出最根本的原因；針對其觀念之提出係對儒家之道的反動這點來看，「真詩」一詞的提出是有感於當代文人皆作「偽詩」，即缺乏「情」、「聲」，而「情」的提倡不必然要與儒家之道有關。

　　另外，在「真詩」之議題下，有學者承認明代「真詩」的提出係與「情」有關，只是有些地方未討論到，如龔顯宗《明七子派詩文及其論評之研究》指出李夢陽所接受的「真詩」觀念即是詩歌為「感情」的表現，但何以提出此觀念的原因卻沒有進一步說明。〔註47〕卓福安《王世貞詩文論研究》於緒論中提出王世貞有反對模擬部份，如「剿

〔註45〕王文生著，《中國美學史──情味論的歷史發展》（上卷），頁236～240。另外，他提到的「繁采寡情，味之必厭」語出〔梁〕劉勰・周振甫注，《文心雕龍注釋・情采》（台北：里仁書局，1998年9月），頁601。

〔註46〕王文生著，《中國美學史──情味論的歷史發展》（上卷），頁240～252。

〔註47〕龔顯宗，《明七子派詩文及其論評之研究》，頁124～125。

竊模擬，詩之大病」〔註48〕和以「情感」爲創作基礎之「有眞我而後有眞詩」兩種觀念，因此，他便認爲王世貞復古理論並非可以「模擬」兩字概括，但後文論述到「詩歌本質」時卻未進一步對「有眞我而後有眞詩」提出說明。〔註49〕吳瑞泉《明清格調詩說研究》當談到李夢陽與王世貞的詩論時，說明兩者皆指出了「詩歌本體」——「情」，不過作者並未對提出此概念的原因進一步論述。〔註50〕林美秀《袁中郎的思想與文學研究》一文中，她談到袁中郎以「眞」來當作文學創作的價值實現，並將之推演到對民歌的推崇，來對治後七子末流所造成剽襲模擬的惡習時，卻未對何以推崇民歌原因做一探究。〔註51〕而黃雅娟《明代詩情觀研究——論「七子」與「公安」詩論之異同》中，作者於討論上是著重「七子」與「公安」兩者詩情觀的種種看法，不過在探討「眞詩」的內涵時卻未深入，如僅簡單說明「眞詩在民間」的提出是出於「文人學子」「情寡」，並認爲藉此要恢復眞雅頌之詩；而談及公安派時則未論及爲何要學習「民間眞詩」的原因。〔註52〕陸穗璉〈竟陵詩文對中國文學之美學實踐〉文中，分析出鍾惺認爲要寫出動人的「眞詩」，唯有學習古人精神，並以個人爲起點，將心緒放諸世外，沉澱心靈，以體會古人孤寂幽渺的心境。〔註53〕若依作者分析來看，此並未說明如何學習才可得知古人精神，畢竟學習者的程度不一，尤其對初學者而言。可是當我們從創作層面來看時，其又該如何體會古人孤寂幽渺的心境？許璧如《鍾惺詩學理論研究》指出鍾惺

〔註48〕〔明〕王世貞撰，《藝苑巵言》，收入丁福保輯，《歷代詩話續編》（台北：木鐸，1988 年 7 月），卷 4，頁 1018。

〔註49〕卓福安，《王世貞詩文論研究》，頁 143～156。

〔註50〕吳瑞泉，《明清格調詩說研究》，頁 138～139、頁 271～272。

〔註51〕林美秀，《袁中郎的思想與文學研究》（高雄：高雄師範大學國文研究所博士論文，1997 年），頁 161～162。

〔註52〕黃雅娟，《明代詩情觀研究——論「七子」與「公安」詩論之異同》（台中：東海大學中文研究所碩士論文，1987 年），頁 64～66、頁 98～103。

〔註53〕陸穗璉，〈竟陵詩文對中國文學之美學實踐〉（《國立僑生大學先修班學報》第 13 期，2005 年 12 月），頁 113～125。

糾正了前後七子、公安派兩家的弊病並加以改造，創出自己的「眞詩」觀念，即「求古人眞詩」〔註54〕；不過卻沒有對何謂「古人眞詩」詳細分析，換句話說，也就是與復古派提出的「學習典範」有何不同之處。而王文生《中國美學史——情味論的歷史發展》提到「眞我」與「眞詩」關係時，指出其於理論上強調革新與創新；在創作上則表現爲詩如其人，並未說明「眞我」提出原因，即面對的文學環境爲何；而談及「性靈」、「精神」與「眞詩」關係時，無論針對提出原因、如何創作「眞詩」等，並未深入探究。〔註55〕

　　準此，由以上這些研究成果我們可以發現，有學者認爲當李夢陽了解王叔武的「眞詩在民間」觀念之後，他們認爲此觀點提出之目的是：他係爲了追求儒家所提倡的「中正之音」與「詩教」，甚至亦有指出「眞詩」提出是反對儒家之道。當然這是作者旁及相關資料所得出的結果，我們不能否認其貢獻，只不過我們一直不斷強調，明代文人所提出的「眞詩」觀念是注重詩歌最原始之功能——「抒情」而非其「衍外效用」，之所以提出此觀點就是因爲他們面對的已經爲當時「詩不眞」之文學環境，這才是論述重點所在，故我們必須重新回到文本探討明代文人所面對的文學環境，其詩歌爲何「不眞」與如何作出「眞詩」；而當談及王世貞、袁宏道兄弟、鍾惺等人詩論而碰觸到「詩歌本質」——「情」的問題時，作者往往都會論述到他們的「眞詩」觀念，可見「眞詩」確實和「情」有絕對關係，只是在處理此議題時，很少提及達到「眞詩」的條件、如何創作與「學習對象」等問題，甚至我們也發現不管是前後七子或前七子與公安詩論的研究，研究者都能指出其共同點，如上文提的「眞詩」和「情」之關係，可是卻無法看出整個明代「眞詩」觀念各家的內容差異，突顯「眞詩」在明代詩學上的重要性。

〔註54〕許璧如，《鍾惺詩學理論研究》，頁 49～59。
〔註55〕王文生著，《中國美學史——情味論的歷史發展》（上卷），頁 267～302。

　　對此，在面對前人研究成果上，筆者將以「眞詩」爲本論文的主題，將「眞詩」觀念做一分析然後進行綜合探討，從中看出明代文人所謂「眞詩」到底有什麼樣之意義，而此觀念何以在那個時代產生，並討論各家「眞詩」之說的意涵是否相同。這也是本論文與前人研究成果有所不同之處。

第三節　研究範圍與方法

一、研究範圍

　　關於本論文的研究，已清楚地標明爲明代「眞詩」觀念研究，因此，在範圍上已經限定於明代；不過，由於明代文人流派分歧，其詩文創作又相當繁多，故在取材上只能擇其要者而論之。所以面對如此眾多的明人著作，筆者將以明代文獻中提及「眞詩」一詞的文本爲基礎，再推衍到雖無「眞詩」一詞，卻涵有此義的文本做爲討論對象。

　　另外必須指出，在歷史上明代有所謂的南明時期（自西元 1644 年始），當時有些文人生活在這個時期，並且跨越到清朝，例如生於明代之錢謙益（西元 1582 年～西元 1664 年）也曾提到「眞詩」一詞，他於〈季滄葦詩序〉說：「有眞好色有眞怨誹，而天下始有眞詩。」〔註56〕然而，其所著《有學集》卻是於清朝寫成，因此，這類生活於明末清初的文人不列入討論。

　　釐清了研究範圍之後，我們便要進一步找出，提到「眞詩」一詞以及雖無「眞詩」一詞而隱涵其義的文本有哪些？主要出於哪些文人？整個明代提出「眞詩」觀念的文人，主要有王叔武、李開先、王世貞、袁宏道兄弟、江盈科、鍾惺、譚元春與蔡復一等人，故於取材方面，筆者將會以這些文人的著作爲重點，並旁及隱涵其義的相關文本進行探討。

〔註56〕〔清〕錢謙益著・〔清〕錢曾箋注・錢仲聯標校，《牧齋有學集・季滄葦詩序》（上海：上海古籍出版社，2003 年 8 月），卷 17，頁 759。

二、研究方法、論述步驟與章節設計

上文已經提到，本文將以明代文人著作中有出現「眞詩」一詞，以及雖無「眞詩」一詞卻隱涵其義的文本爲討論對象，也就是說，王叔武、李開先、王世貞、袁宏道兄弟、江盈科、鍾惺、譚元春與蔡復一等人之「眞詩」觀念是本論文主要要討論重點，而討論到相關內容時，會旁及他們生活於同時期文人的論述或看法做一相關參照，從中才能看出他們提出「眞詩」觀念的意義。因此，在使用的資料方面，大抵上會依據他們詩文集中之序跋、書信、論辨等文本作爲重要的取材資料，而面對這些提到「眞詩」觀念相關之文獻，本論文在處理上並不採取一人或一家這種描述方式列舉，也不依他們時代先後做一發展歷程之爬梳，而是試圖運用一般人文方法學之分析、綜合、比較與分類四個方法進行研究。

所謂「分析」是指把一件事情、一個概念分成簡單的組成部分，從中找出這些部分的本質屬性和彼此之間關係，其意義則在於讓原本只是隱涵在整體中之「部分」個別特徵突顯出來；「綜合」則係將事物或概念各「部分」依其相互的「有機性關係」統合研究，而從「整體」把握事物或概念的本質、功能等意義，不過，爲了避免未經精確分析而「隨意」籠統判斷，所以在「綜合」時必先以「分析」爲基礎進行；而所謂「分類」指的是按照眾多事物個體或群體的性質、特點、用途等作爲區分標準，將符合同一標準的事物聚類，不同則分開，藉此統整經驗現象的秩序，認識眾多事物彼此間的某種「關聯」與「區分」；「比較」則爲將兩種或兩種以上同類的事物辨別異同或高下，不僅要研究事物之間的共同點，也要分析事物間的不同點，故它是認識事物間相似點和相異點的思維方法。

了解以上本論文所使用之四種人文方法學後，然而該如何操作？首先筆者是針對他們文獻中共同提到的「眞詩」一詞作「分析」，透過「分析」，才可以讓我們從中得知他們所言「眞詩」的特徵，也惟有先完成這個分析性詮釋，才能推展出後續的研究工作。接著，再將

組成「眞詩」的各部分特徵依其相互「有機性關係」加以「綜合」，如此則可明白明代文人「眞詩」一詞的涵義──即具有「情」、「聲」。了解「眞詩」一詞的涵義後，便要於這些眾多提到「眞詩」之文本中作一「分類」，相同者聚類，不同者則分開，如：王叔武、李開先、袁宏道兄弟等同樣提出了「眞詩在民間」的觀念；另外，王世貞、袁宏道、江盈科則從「創作」的角度去談「眞詩」；到了晚明，鍾惺、譚元春認爲須從「古人」入手學習「眞詩」，蔡復一則指出「眞詩」與「聲音」的關係。而在這些各自的共同點下，再進一步「分析」各自其所談內容，於闡述過程中也會以「比較」的方式，將兩者或兩者以上的資料做一探究，看在相同觀點下，當中所言之文學環境、批評對象等是否相同，最後則「綜合」出結論。

本論文將設立五個章節來進行探討。第一章爲緒論，進行前言、前人研究成果概況、研究範圍與方法等，釐清明代提出「眞詩」觀念的背景及本文的研究取向。而第二章「『眞詩在民間』觀念的涵義」，將先討論提出「眞詩在民間」觀念的文人，他們所認爲這樣的觀念義涵是否一樣，這部份會先釐清他們所言「民間」之義爲何，接著便探究其提出此觀念之原因以及如何創作「眞詩」。第三章「何以有『眞我』、『性靈』之詩亦可稱爲『眞詩』」，將先分析「性情」、「眞我」、「性靈」之義涵，看三者是否爲同義，之後便進一步討論其與「眞詩」的關係和提出原因與該如何寫出「眞詩」。第四章「向古人求眞詩」則先探究何謂「古人眞詩」，從中了解其古人是否有特定對象，接著考察其所言「精神」爲何，且其與「眞詩」的關係與提出原因，最後則會探討蔡復一的「眞詩」觀念，看其與鍾惺、譚元春所言是否有關。第五章則係結論，綜合上文論述的要義，藉此突顯「眞詩」在明代的重要性。

第二章 「眞詩在民間」觀念的涵義

第一節 何以「眞詩在民間」

　　第一章中我們已經藉由明代文人之文本得知，提出「眞詩在民間」的觀念有王叔武、李開先與袁宏道兄弟等人。既然他們都提到這樣的觀念，那麼我們就必須先了解他們爲何要特別指出「民間」？當時文學環境是怎樣情況？「民間」所指的是什麼概念？其與「眞詩」的關係又爲何呢？

一、「民間」的涵義

　　既然王叔武等人提到「眞詩在民間」的觀念，然則當中「民間」之意所指爲何？關於「民間」這個詞，它可以指涉一「空間」或「社會階層」之概念，至於王叔武等人所提到的「民間」屬於何者？我們就必須根據他們之文本進行了解。不過須先說明的是，有關王叔武之文本由於嘉靖二十六年曹縣黃河氾濫，把他十餘卷的遺稿毀去十之八九，而在僅存遺稿中，也無法看到任何他記載有關戲曲或民間文學的痕跡，因此他理論本來面目已無法查證，[註1] 所幸李夢陽撰寫的〈詩

〔註1〕簡錦松，《李何詩論研究》（台北：國立台灣大學中文研究所碩士論
　　　文，1980 年 6 月），頁 194～195。

集自序〉記錄了他與王叔武討論「眞詩在民間」之觀念，使我們可以大概明白王叔武所談的內容，故以下有關王叔武所談「眞詩」意義，皆以〈詩集自序〉所載內容作一討論。

首先我們所要解決的問題是，他們何以要特別強調眞詩在「民間」呢？第一章我們已經從他們論「眞詩」的文本中了解，他們之所以提出「民間」的原因主要是由於「文壇」出現了「僞詩」，其特徵包括：內容毫無詩人情感在其中，而語言形式上則沒有聲音，換句話說，即詩歌僅徒具形式而已。但何以這些特徵就判定爲「僞詩」？其中原因究竟是什麼？我們留待下文處理。而王叔武等人由於當時面對的是「文壇」作「僞詩」之文學環境，故他們便提出了「眞詩在民間」。由此是否就能直接判定他們所謂「文壇」、「民間」指的即爲「空間」概念？其實並不全然，因爲無論「僞詩」抑或「眞詩」，它們終究必須由語言構成，而能運用語言創作詩歌的就是「人」。準此，我們就清楚明白，既然「僞詩」出現於「文壇」，那麼寫作「僞詩」的即是讀書人、知識分子，我們可以稱之爲「士」；同樣地，「眞詩在民間」的提出也就認定產生「眞詩」者是生活在民間之「百姓」，即爲「庶民」。所以在這樣相對關係下，他們提到的「民間」一詞就是兼指涉「空間」與「社會階層」之概念。

二、王叔武等人所指出「僞詩」的作者

理解明代文人提出「眞詩在民間」的原因與所指之「民間」概念後，接下來要進一步問，文壇中是誰寫作「僞詩」？而提出者王叔武、李開先與袁宏道兄弟等人指涉對象是否一樣？

首先，根據李夢陽〈詩集自序〉所記載之內容可以發現，王叔武在對話中清楚指出作「僞詩」的對象就是「文人學子」，但這並不特指臺閣體詩人或特殊身分作者，而是泛指讀書仕進之人。此處就透露出，王叔武所面對的文學環境爲整個「文壇」彌漫作「僞詩」之風氣，所以他提出「眞詩在民間」觀念欲以矯正；至於李開先與袁宏道兄弟

二人提出原因，從緒論中他們論「眞詩」的文本得知，他們提出此觀念前其實就已經預設了文人所作都是「僞詩」。但在其內容中卻沒有直接指稱對象，不過我們卻可以藉由他們其他文本得知所批評之對象，如李開先於〈海岱詩集序〉中說：

> 世之爲詩者有二，尚六朝者，失之纖靡；尚李、杜者，失
> 之豪放。〔註2〕

此處從李開先談到的「尚六朝」〔註3〕與「尚李、杜」中可察覺，他所抨擊之對象即是以模擬剽竊爲能的復古派末流。他認爲復古派雖提倡學習六朝與李、杜作品，可是當後學在模習時卻產生兩種不同狀況：即「尚六朝者，失之纖靡」和「尚李、杜者，失之豪放」，所謂「纖靡」爲一種纖巧華麗的風格；「豪放」則指一種氣勢豪邁、感情奔放之風格特色，此也就是說，「尚六朝者」與「尚李、杜者」分別僅是就形式和內容上模擬剽竊，換句話說，主要是因爲這些學習者寫作時並沒有出於內心眞實感動、無病呻吟，所以當他們模習「六朝」及「李、杜」作品時，便流於「纖靡」、「豪放」了。

袁宏道則在〈雪濤閣集序〉中提到：

> 近代文人，始爲復古之說以勝之。夫復古是已，然至以剽
> 襲爲復古，句比字擬，務爲牽合，棄目前之景，摭腐濫之

〔註2〕〔明〕李開先著・卜健箋校，《李中麓閒居集・海岱詩集序》，收入《李開先全集》（上）（北京：文化藝術出版社，2004 年 8 月），頁393。

〔註3〕關於「六朝」的說法眾多，根據洪順隆的研究其共有五種說法：(1)指建都於建康的吳、東晉、宋、齊、梁、陳；(2)指三國、魏、晉、宋、齊、梁、陳、隋，夾於「秦漢」與「唐」之間；(3)指宋、齊、梁、陳、北朝、隋，時間縮短，但擴大空間涵蓋南北領域；(4)指晉、宋、齊、梁、陳、北朝、隋；(5)指同一朝代的六個君主之朝，此就一般名詞的概念而言。見洪順隆著：〈漢魏六朝文學叢考〉，收入《抒情與敘事》（台北：黎明文化，1998 年 12 月），頁 540～549。至於復古派的六朝所指爲何，李夢陽曾提到：「今百年化成，人士咸於六朝之文是習是尚，其在南都尤盛。……南都本六朝之地。」見〔明〕李夢陽著，《空同先生集・章園餞會詩引》（第四冊）（台北：偉文圖書，1976 年 5 月），卷 55，頁 1584。可見所指即爲 (1)。

　　辭，有才者詘於法，而不敢自伸其才，無之者，拾一二浮
　　泛之語，幫湊成詩。〔註4〕

由袁宏道所言「復古」可以得知，其批判的對象正是指那些以剽竊爲復古者。此處他嚴厲地指出其弊病，以爲他們倡導「復古」，實際在寫作上卻是「剿襲」、「句比字擬」地湊合爲詩，徒有形式，至於內容方面則完全捨去作者寫詩歌時的「目前之景」，所謂「目前之景」不單指當下眼前所見景色，而是泛稱一切作者所經歷過的人、事、物。因爲當作者透過這「目前之景」所創作出來的詩歌才能具有「情感」並「感人」，故他才說：「情至之語，自能感人，是爲眞詩」，反觀那些以剽竊爲復古者卻運用一些誇大不實辭句來虛構感情、堆砌文字，這樣的作詩方法甚至影響後學，使他們作詩之前心中先預存了一個學習「典範」，使得有才能的人完全不敢突破此學詩途徑、方法；無才氣之人卻只能學習他們這樣「剿襲」、「句比字擬」之方法作詩，難怪袁宏道感嘆：「詩至此，抑可羞哉！」〔註5〕

　　另外，袁中道也提及：

　　文法秦、漢，古詩法漢、魏，近體法盛唐，此詞家三尺也。
　　予敬佩焉，而終不學之；非不學也，不能學也。〔註6〕

所謂「文法秦、漢，古詩法漢、魏，近體法盛唐」，正巧就是前七子所主張的「文必秦漢，詩必盛唐」〔註7〕，可見袁中道所指對象便是

〔註4〕〔明〕袁宏道著・錢伯城箋校，《瓶花齋集・雪濤閣集序》，收入《袁宏道集箋校》（中）（上海：上海古籍出版社，2008年4月），卷18，頁710。

〔註5〕〔明〕袁宏道著・錢伯城箋校，《瓶花齋集・雪濤閣集序》，收入《袁宏道集箋校》（中），卷18，頁710。

〔註6〕〔明〕袁中道著・錢伯成點校，《珂雪齋集・珂雪齋前集自序》（上）（上海：上海古籍出版社，1989年1月），頁19。

〔註7〕「文必秦漢，詩必盛唐」向來都是人們一般概括前七子的復古主張所得的結論，事實上前七子是主張復古這點是沒錯的，但在取法方面應該更詳細的描述：古詩方面，前七子是主張以漢魏爲師，旁及六朝；近體詩則以盛唐爲師，旁及初唐，而中唐特別是宋元以下不足師法，因此，準確說法應該是「詩必漢魏盛唐」，或「詩必盛唐以上」。詳細論述參見廖可斌著，《復古派與明代文學思潮》（上）（台

復古派。不過，此處他比較平心靜氣地看待復古派主張，認爲他們所提出各文體的學習「典範」是非常有見解，畢竟這三種文體在當代都有相當出色的作家、作品，可是他始終不從這些「典範」入手，因他認爲它們「不能學」，而這些「典範」何以「不能學」？袁中道在〈珂雪齋前集自序〉云：

> 吾先有成法據於胸中，勢必不能盡達吾意，達吾意而或不能盡合於古之法。〔註8〕

首先，他所謂的「成法」含有兩個意思：第一，是指復古派所提出的詩歌學習「典範」；另一個則指涉詩歌中技巧部份，如平仄、押韻限制等，他覺得作者於創作之前若在心中先存有學習對象、法則，那麼作者便無法在詩歌中完完全全地表達自己之「意」，勢必會因這些規範而綁手綁腳，所謂「意」，廣義地指主體心靈活動的整體內容，包括才性、學養所產生之感性經驗與理性觀念。〔註9〕因此作者若要將自己最直覺、想表現的情感寫成詩歌就得「不能盡合於古之法」，此處「古之法」即專指前人遺留下來的創作法則，也就是說作者爲了要「達意」，可以不用拘泥於古人的法則，「合者留，不合者去。」〔註10〕如此看來，袁中道認爲在現成的法則中作者是可以作其改變，甚至以「達意」爲目標來駕馭前人的「法」，而不要成爲古人之奴僕，所以他說：「第欲以意役法，不以法役意。」〔註11〕

　　準此，可以清楚明白李開先與袁宏道所指稱作「僞詩」的文人爲復古派末流，主要是由於他們以「剿襲」、「句比字擬」古人作品爲「復

北：文津出版社，1994 年 2 月），頁 211～212。

〔註 8〕〔明〕袁中道著・錢伯成點校，《珂雪齋集・珂雪齋前集自序》（上），頁 19。

〔註 9〕顏崑陽，〈意在筆先〉，收入《文訊月刊》第 25 期（1986 年 8 月），頁 292。

〔註 10〕〔明〕袁中道著・錢伯成點校，《珂雪齋集・珂雪齋前集自序》（上），頁 19。

〔註 11〕〔明〕袁中道著・錢伯成點校，《珂雪齋集・珂雪齋前集自序》（上），頁 19。

古」，如袁宏道就提到：「取古人一二浮濫之語，句規而字矩之，謬謂復古。」〔註12〕而其特徵就如李開先所言：「語意不出肺肝」、「太過雕飾」，因而徒具形式，沒有感情且無法感人，因此，這種情況下，李開先認爲詩歌必須要表達自己的「情感」才是「眞詩」，故他指出〈山坡羊〉、〈鎖南枝〉等民歌其特色就是「語意則直出肺肝，不加雕刻」、「情尤足感人也。」至於袁中道所指對象雖是復古派，但他較心平氣和看待其主張，他表示作詩時詩人可以參考前人作品，不過，詩人必須以己之「意」爲目標來駕馭前人的「法」，而不是「先有成法據於胸中」，故可發現公安派一直強調「學其意，不必泥其字句也。」〔註13〕「第欲以意役法，不以法役意。」就是這個原因，如此才不會流入俗套，被前人之「法」所役使。

三、爲何提出「眞詩在民間」

　　了解王叔武、李開先與袁宏道兄弟所指涉作「僞詩」之對象與面對的文學環境後，接著，便要進一步探討他們爲何提出「眞詩在民間」之觀念？關於此，李夢陽〈詩集自序〉記載：

> 李子曰：「曹縣蓋有王叔武云，其言曰：『夫詩者，天地自然之音也。今途咢而巷謳，勞呻而康吟，一唱而群和者，其眞也，斯之謂『風』也。孔子曰：『禮失而求之野。』今眞詩乃在民間。而文人學子，顧往往爲韻言，謂之詩。」

有關王叔武提出「眞詩在民間」之原因已見上文，此不再贅述。這裡所要探討何以「韻言」就是「僞詩」之問題。所謂「韻言」係指「押韻形式」之文辭，也就是所謂的「韻文」，舉凡詩、賦、詞、曲等皆是，不過，此處是專就「詩歌」而言。因此，王叔武認爲的「韻言」即指古詩、絕句、律詩等這些體製。而當時「文人學子」都依循著那些體製之格律在作詩，當然於「技術」、「技巧」層面上有一

〔註12〕〔明〕袁宏道著・錢伯城箋校，《瓶花齋集・敘竹林集》，收入《袁宏道集箋校》（中），卷18，頁700。

〔註13〕〔明〕袁宗道著，《白蘇齋類集・論文上》（下）（台北：偉文圖書，1976年9月），頁622。

定成就，不過內容上卻沒有詩歌「本質」──「情」，所以王叔武就提到：「夫文人學子，比興寡而直率多，何也？出于情寡而工於詞多也。」〔註14〕此處，他特別指出「文人學子」爲「韻言」的弊病就在於「比興寡而直率多」，至於「比興」、「直率」與「情寡」關係爲何我們待後文處理。所以在這種情況下，王叔武就借引孔子「禮失而求之野」的觀點。因爲孔子指出在一個價值迷失的時代，知識份子更需要到民間融入社會，從民眾那裡獲得變革社會、創新禮樂的基礎和依據。當然王叔武的主張並非要恢復傳統禮節、道德、文化等，而是就詩歌而言，因爲它已經喪失「本來面目」，故爲求得詩歌「眞情」就必須從「民間」入手，不過要注意的是，王叔武提出「民間」觀念並非要那些「文人學子」放棄「韻言」去學習「民間詩歌」，而是希望他們去學習民間百姓對詩歌的「態度」，畢竟有些事物都是從簡單、樸實的生活中來，故可以察覺王叔武等人所提到「風」的意義，就是他們所指「百姓」或「閭巷」，因爲男女以自然流露眞情唱的詩歌即是民間風物之反映，而這也正是《詩經‧國風》主要呈現之內容。

　　不過李夢陽卻提出他的質疑，因爲在他初到汴梁之時已經聽過〈鎖南枝〉、〈傍妝台〉、〈山坡羊〉等之類的民歌，〔註15〕認爲它們「其曲胡，其思淫，其聲哀，其調靡靡，是金、元之樂也，奚其眞？」〔註16〕對此，王叔武則認爲只要是以最眞摯、自然之感情所唱出來的詩歌即爲「眞詩」，根本不需在意是否爲外來音樂，因此王叔武便

〔註14〕〔明〕李夢陽著，《空同先生集‧詩集自序》（第四冊），卷50，頁1437。

〔註15〕李夢陽在成化十八年（西元1482年）跟隨父親到汴梁，而在弘治三年（西元1490年）與左夢麟之女結婚於汴梁，故他最晚在弘治年間對民間歌謠發生興趣，至於〈詩集自序〉提到的王叔武，與他同於弘治六年（西元1493年）一同中進士，做該序時距聽到王叔武那番話已經「二十年」，故他在弘治年間就深信「眞詩在民間」之說。詳見廖可斌著，《復古派與明代文學思潮》（上），頁201。不管是王叔武啓發李夢陽，還是李夢陽早就對民間歌謠有興趣，不過可以確定他們都同意「眞詩在民間」，只是雙方著重點不同。

〔註16〕〔明〕李夢陽著，《空同先生集‧詩集自序》（第四冊），卷50，頁1436。

說：「音之發而情之原也，非雅俗之辯也。」〔註17〕後來李夢陽也同意了這樣的說法。〔註18〕不過在此要說明，歷來有些學者把李夢陽和王叔武這段對話誤解，認爲李夢陽是贊同、鼓勵「文人學子」向「民歌」學習作「眞詩」，〔註19〕當然此就牽涉到「民歌」與「民謠」之差別：自「歌」、「謠」合成複詞後，「歌謠」實爲民歌，也以民歌概括之，但在之前「歌」、「謠」是有差別，《毛傳》解釋《詩經·魏風·園有桃》中「心之憂矣，我歌且謠」〔註20〕時說：「曲合樂曰歌，徒歌曰謠。」〔註21〕表示古代「歌」、「謠」是有區分，因此，民歌是有曲調有伴奏的「唱」，而民謠則是依語言節奏的「誦吟」。〔註22〕所以王叔武才說：「途咢而巷謳，勞呻而康吟，一唱而群和者。」其中的「唱」並非指發出歌聲，而是利用語言發出聲音之義，聲音又往往與情緒有互相關係，下文將會提及。也或許是這樣的原因，李夢陽在寫〈詩集自序〉同年編《弘德集》時選入〈郭公謠〉並說：「今錄其民謠一篇，使人知眞詩果在民間。」〔註23〕而不說錄「民歌」。

當李夢陽與王叔武對話而同意創作詩歌要有「情」後，他接著又

〔註17〕〔明〕李夢陽著，《空同先生集·詩集自序》（第四冊），卷50，頁1437。

〔註18〕「李子聞之，瞿然而興曰：『大哉！漢以來不復聞此矣！』」〔明〕李夢陽著，《空同先生集·詩集自序》（第四冊），卷50，頁1437。

〔註19〕持此種見解的有：周玉波著《明代民歌研究》，鳳凰出版社。吉川幸次郎著·鄭清茂譯《元明詩概說》。袁震宇·劉明今著《中國文學批評通史·明代卷》，上海古籍出版社。林保淳著《經世思想與文學經世——明末清初經世文論研究》，文津出版社。由於著作甚多，不俱引。

〔註20〕〔漢〕毛亨傳·〔漢〕鄭玄箋·〔唐〕孔穎達疏，《十三經注疏·毛詩正義·魏風·園有桃》（上）（北京：北京大學出版社，1999年12月），卷5，頁365。

〔註21〕〔漢〕毛亨傳·〔漢〕鄭玄箋·〔唐〕孔穎達疏，《十三經注疏·毛詩正義·魏風·園有桃》（上），卷5，頁365。

〔註22〕「歌謠」的命義、類別、蒐集、價值和歷代簡介等，可見曾永義著，《俗文學概論》（台北：三民書局，2003年6月），頁603～661。

〔註23〕李夢陽曾於〈郭公謠〉後有記云：「李子曰：世嘗謂刪後無詩，無者謂雅耳。風自謠口出，孰得而無之哉。今錄其民謠一篇（即〈郭公謠〉），使人知眞詩果在民間於乎，非子期，孰知洋洋峨峨哉！」〔明〕李夢陽著，《空同先生集·詩集自序》（第一冊），卷6，頁120～121。

提出疑問：「子之論者，風耳；夫雅頌不出於文人學子手乎？」〔註24〕
此處李夢陽特別指出《詩經》裡三種詩歌內容〈風〉、〈雅〉、〈頌〉，
並將之分成兩類：一類與民間有關即〈風〉；另一則是與之對照的〈雅〉
〈頌〉一類。他爲何要如此分？其中有何特別意義嗎？故在討論此問
題前得先釐清〈風〉〈雅〉〈頌〉各是指什麼，才方便接下來的討論。
關於〈風〉〈雅〉〈頌〉三名，歷來學者有很多不同之看法，大致可以
分爲三類：(1) 從教化方面立說 (2) 從內容方面立說 (3) 從音樂方
面立說。〔註25〕故就李夢陽所提出的問題來看，此應該是從「內容方
面」立說。因爲我們知道〈風〉的作者大多爲民間百姓，其內容是描
寫男女之情，所以王叔武、李開先等人都提到「風出謠口」的看法；
至於〈雅〉、〈頌〉，前者是宮廷宴享或朝會時的樂歌；後者爲宗廟祭
祀樂歌或歌頌祖先功業等，儘管用途不一樣，但作者大抵是士大夫、
貴族。而李夢陽這樣問的理由何在？他認爲王叔武以上所講僅指
〈風〉，而傳統〈雅〉、〈頌〉詩不也是「出於文人學子」之手嗎？爲
何與現今「文人學子」所作不同？

　　對此疑問，王叔武回答：「是音也，不見於世久矣。」〔註26〕此
處「音」並非指「音樂」，因爲《詩經》時代〈雅〉、〈頌〉雖有配樂，
但經過那麼久的時間，其「音樂」已經喪失不可考，故王叔武所謂的
「音」應指詩歌上之「聲音」。也就是說，他認爲傳統〈雅〉、〈頌〉
作者與現今「文人學子」之作差異在於「音」，至於「音」又從何而
來？王叔武曾說：「眞者，音之發而情之原也。」〔註27〕可見「音」
的產生是經由「情」而來，這便是王叔武認爲的「眞」。由此看來，

〔註24〕〔明〕李夢陽著，《空同先生集・詩集自序》（第四冊），卷 50，頁
　　　　1437～1438。
〔註25〕葉嘉瑩曾引朱熹、〈詩大序〉與梁啓超之語，以此將〈風〉〈雅〉〈頌〉
　　　　分成三類說明。見葉嘉瑩著，〈中國古典詩歌中形象與情意之關係例
　　　　說〉，收入《迦陵談詩二集》（台北：東大圖書，1999 年 10 月），頁
　　　　118～119。
〔註26〕〔明〕李夢陽著，《空同先生集・詩集自序》（第四冊），卷 50，頁 1438。
〔註27〕〔明〕李夢陽著，《空同先生集・詩集自序》（第四冊），卷 50，頁 1437。

傳統〈雅〉、〈頌〉作者與現今「文人學子」之作差異即後者作詩時非出於內心之眞情實感抒發，僅徒有形式而已。

聽完王叔武分析傳統〈雅〉、〈頌〉與現今「文人學子」之作的差異並了解當中原因後，李夢陽「於是憮然失已，灑然醒」〔註28〕接著說：

> 於是廢唐近體諸篇，而爲李、杜歌行。王子曰：「斯馳騁之技也。」李子於是爲六朝詩。王子曰：「斯綺麗之餘也。」於是詩爲晉、魏。曰：「比辭而屬義，斯謂有意。」於是爲賦、騷。曰：「異其意而襲其言，斯謂有蹊。」於是爲琴操、古詩歌。曰：「似矣，然糟粕也。」於是爲四言，入風出雅。曰：「近之矣，然無所用之矣，子其休矣。」李子聞之，闇然無以難也。〔註29〕

我們可以從李夢陽這段反省之語中發現他所提到「於是廢唐近體諸篇」，顯現出尚未與王叔武對話時，除了「文人學子」外，他也專門在作律詩、絕句，即王叔武口中之「韻言」，難怪與之對話後自悔並說：「予之詩，非眞也。」〔註30〕其中「眞」便是王叔武所言：「眞者，音之發而情之原也。」也就是他自悔之前所作詩歌沒有發自內心情感。另外，從其所謂「廢唐近體諸篇」中也道出了自明代以來，唐詩一直是受到重視的，只不過側重之時期、人物有所不同。〔註31〕

〔註28〕〔明〕李夢陽著，《空同先生集‧詩集自序》（第四冊），卷50，頁1438。
〔註29〕〔明〕李夢陽著，《空同先生集‧詩集自序》（第四冊），卷50，頁1438。
〔註30〕〔明〕李夢陽著，《空同先生集‧詩集自序》（第四冊），卷50，頁1438。
〔註31〕從明初開國以來，「唐詩」一向都是明代人心目中的典範，此與當時政治氣象、詩歌本質發展、詩文不辨的原因有關，另外復古雖在明代中期形成風潮，但於明初就已經造成了聲勢，如《四庫全書總目提要》評高啓曰：「啓天才高逸，實據明一代詩人之上。其於詩擬漢魏似漢魏，擬六朝似六朝，擬唐似唐，擬宋似宋，凡古人之所長，無不兼之。振元末纖穠縟麗之習，而返之於古，啓實爲有力；然行世太早，殞折太速，未能鎔鑄變化，自爲一家，故備有古人之格，而反不能名啓爲何格。」〔清〕永瑢等撰，《四庫全書總目提要‧集部‧別集類》（台北：台灣商務印書館，1965年），頁3589～3590。；李東陽《懷麓堂詩話》評林鴻、袁凱云：「林子羽《鳴盛集》專學唐，

　　接著，他便從「李杜歌行」、「六朝詩」、「魏晉詩」、「賦騷」甚至到「琴操」、「古詩歌」，企圖自每個時代中挑選最優秀的文體、作者來學習創作詩歌之方法，但卻都被王叔武一一否決：如他提出學習李、杜的樂府詩，但卻被認爲那只是專研某個領域去發揮自己的才能罷了；而六朝詩歌僅能學到遺留下來的文辭形式之美；至於學魏晉詩，只會讓作者刻意模仿他們的語言文字去推砌出作者虛假之感情，也就是王叔武所言的「工於詞多」，此便是刻意造作；然則學習「漢賦」、「屈騷」呢？王叔武認爲也僅是轉換其意思，語言文字上還是仿效他們的作品，此不是學習方法路徑，若是學習「琴操」、「古詩歌」，也僅得其「糟粕」，所謂「糟粕」語出於《莊子・天道》：「然則君之所讀者，古人之糟魄已夫。」〔註32〕其藉齊桓公與輪扁之語指出「言不盡意」之道理，因爲莊子表示經驗只能會於心而難以言傳，若一旦能形諸於語言文字便只剩糟粕，故想追求古人精神，不可僅係依照語言文字，而是必須去親自體證，否則便只能了解書面上的文字。由上看來，王叔武之所以一直反駁李夢陽所提出的學習對象，並非說它們有缺點，重點是在於李夢陽提出的這些作品、文體，都係經由前人依自己所見所聞創作出來，內容也有耐人尋味的情感，因此，後人若僅

袁凱《在野集》專學杜，蓋皆極力摹擬，不但字面句法，並其題目亦效之，開卷驟視，宛若舊本。然細味之，求其流出肺腑，卓爾有立者，指不能一再屈也。」〔明〕李東陽撰，《麓堂詩話》，收入丁福保輯，《歷代詩話續編》（下）（台北：木鐸，1988 年 7 月），頁 1374。只不過當時尚未成爲流派，有關明代重視「復古」和「唐詩」之關係，其相關研究可參考陳國球著，《唐詩的傳承——明代復古詩論研究》（台北：台灣學生書局，1990 年 9 月），頁 6～33。陳文新著，《明代詩學・緒論》（湖南：湖南人民出版社，2000 年 11 月），頁 1～37。徐朔方・孫秋克著，《明代文學史》（浙江：浙江大學出版社，2006 年 6 月），頁 13～22。黃如焄，《明代詩學精神與神韻傳統》（嘉義：中正大學中文研究所博士論文，1999 年），第二章。

〔註32〕〔戰國〕莊子・錢穆著，《莊子纂箋・外篇・天道》（台北：東大圖書，2003 年 11 月），頁 114。另外，「魄」又本作「粕」，見〔戰國〕莊子・〔晉〕郭象注・〔唐〕成玄英疏〔唐〕陸德明釋文・〔清〕郭慶藩集釋，《莊子集釋・外篇・天道》（台北：世界書局，1962 年 4 月），頁 218。

僅從表面模仿其用字、對仗等技法而不仔細閱讀、體會，當然所呈現出來的也都只是前人之「複製品」，根本沒有作者本身「情感」在其中。

　　最終，李夢陽提到「爲四言，入風出雅」，所謂「四言」，此處係李夢陽以《詩經》作爲其寫詩時之學習對象；至於「入風出雅」之意爲何呢？「風」即指王叔武所謂的民間詩歌；至於「雅」，王叔武曾提及：

> 夫孟子謂《詩》亡然後《春秋》作者，雅也。而風者亦遂
> 棄而不采、不列之樂官。悲夫！〔註33〕

由「孟子謂詩亡然後《春秋》作者」中可以察覺，其明顯出自於《孟子·離婁章句下》：「王者之迹熄而《詩》亡，《詩》亡然後《春秋》作。」〔註34〕其意爲春秋中世，由於周室衰以至「觀風俗，知得失，自考正也」〔註35〕的采詩制度廢，其不復能采各國的〈風〉詩，甚至連〈雅〉、〈頌〉亦不再有人收輯，故曰：「《詩》亡」，不過，此時孔子便以微言立大旨、寓損貶之義於其中的《春秋》來挽救之。但王叔武認爲《春秋》的產生其針對之對象內容卻爲國君、臣子，故曰：「雅」，於是他便感慨民間詩歌在這種情況底下被漸漸遺忘。準此，李夢陽所提及的「爲四言，入風出雅」，即表示如果他以《詩經》之〈風〉詩作爲學習對象，而表現出來的內容是反映當時貴族生活之詩呢？對此，王叔武指出此已經接近民間詩歌產生之「精神態度」，但其表現之內容卻沒有地方可以用上，也就是無法看出民間百姓之生活，可見李夢陽並未實際以自身生活經驗之情感去作詩，而係欲直接透過《詩經》表現己情，此便不是王叔武提出「眞詩在民間」之義涵，於是他便說：「子其休矣。」

〔註33〕〔明〕李夢陽著，《空同先生集·詩集自序》（第四冊），卷50，頁1436。

〔註34〕〔漢〕趙歧注·〔宋〕孫奭疏，《十三經注疏·孟子注疏》（北京：北京大學出版社，1999年12月），卷8，頁226。

〔註35〕〔漢〕班固撰·〔唐〕顏師古注，《漢書·藝文志》（台北：華聯出版社，1968年5月），頁7。

　　另外，李開先也提到：

　　二詞譁於市井，雖兒女子初學言者，亦知歌之。但淫艷褻狎，不堪入耳，其聲則然矣。語意則直出肺肝，不加雕刻，俱男女相與之情，雖君臣友朋，以多有託此者，以其情尤足感人也。故風出謠口，眞詩只在民間。

此處「二詞」是指民歌〈山坡羊〉以及〈鎖南枝〉。李開先表示這兩首民歌在當時連「兒女子初學言者，亦知歌之」，不僅可見其受歡迎的程度，也顯示出其通俗性。不過，他接著提到：「淫艷褻狎，不堪入耳，其聲則然矣。」所謂「淫艷褻狎」是指其內容過於妖豔、輕慢、不莊重，以至於讓人無法接受。由此得知李開先對這兩首民歌所表現出來之內容、聲音是不滿意的。儘管如此，他卻說其「語意則直出肺肝，不加雕刻」，「語意則直出肺肝」是指百姓所表達的言語皆出自於內心；「不加雕刻」則指其文字非刻意修飾，也就是說，百姓表現出來的為最自然眞實之一面，可見針對〈山坡羊〉以及〈鎖南枝〉之情感抒發與文字表現，李開先是相當讚賞的。另外，他更提到這種全寫「男女相與之情」的民歌，甚至連「君臣友朋」都藉此來寄託自己情感，主要原因為「其情尤足感人也」。在這種種條件之下，他便云：「故風出謠口，眞詩只在民間。」

　　準此，可以發現王叔武與李開先之所以指出「眞詩在民間」，是由於他們認為民間詩歌相較文人所作之詩歌，無論在情感、文字表現上，都來得那樣自然、眞實，故李開先提及：「語意則直出肺肝，不加雕刻」，而王叔武也說：「夫詩者，天地自然之音也。」可見他們對民間詩歌的重視，也希望文人能夠去學習民間詩歌的「精神態度」。

第二節　「民間」與詩之「情」、「聲音」的關係

　　釐清王叔武等人的「民間」觀念所指為何、哪些「文人」寫作「偽詩」及其原因後，接著便要探討「百姓」與一般「文人學子」的「情感」與「聲音」到底有何差異？於第一章我們已經提過，明代文人提

出「眞詩」之觀念主要重視詩歌「抒情」部分，而相對的「僞詩」則是「沒有情感」，故李開先等人都針對此點極力抨擊復古派末流。然則詩歌的寫作如何才算有「情」？「聲音」又從何而來？針對此我們必須先說明：所謂「聲情合一」、「聲隨情轉」等都顯示「情感」和「聲音」是有極大的關係，不過深究其中發現一切必須先要有「情感的觸動」，藉此再以「聲音」表現出來，否則便是「無病呻吟」，故〈詩大序〉說：「情發於聲，聲成文謂之音。」〔註 36〕也就是當人有了感情在心裡面產生，藉由「聲」之變化規律表達出來而成爲「音」，可見「聲」與「音」實指兩種不同概念，通過兩個以上單聲有規律的組合而成「文」，此便是「音」，所以一切「音」皆由「聲」而來，〔註37〕不過爲了討論方便，下文還是以「聲音」稱之。故「情感」與「聲音」雖相輔相成，不過實際上可以將之分成兩個層次：前者是屬「寫作動機」層面，當作者心中有了感動欲表現出來，他便用「語言」、「文字」表達其「情感」，也即是說「寫作」之前必須要有所「感」，不然便是「爲文造情」；至於後者則是「表現」層面問題，作者以「語言」、「文字」呈現其「情感」後，「聲音」該如何表現其情緒上的喜怒哀樂？據此，我們便將「情感」與「聲音」分開討論，並從中看「民間」和「文人學子」差別，即可得知「民間眞詩」之特質。

一、「民間」與一般「文人學子」的「情」有何不同

既然明白「眞詩」與「僞詩」差異在於有無「情感」後，何以「民間詩歌」就能有「情」？上文也提到「創作」一切來源必須要根據「情」，否則將淪爲「爲文造情」，那麼我們就須先得知人的「情

〔註36〕〔漢〕毛亨傳・〔漢〕鄭玄箋・〔唐〕孔穎達疏，《十三經注疏・毛詩正義》（上），卷1，頁7。

〔註37〕孔穎達提到：「情發於聲，謂人哀樂之情發見於言語之聲，於時雖言哀樂之事，未有宮、商之調，唯是聲耳。至於作詩之時，則次序清濁，節奏高下，使五聲爲曲，似五色成文，一人之身則能如此。據其成文之響，即是爲音。」見〔漢〕毛亨傳・〔漢〕鄭玄箋・〔唐〕孔穎達疏，《十三經注疏・毛詩正義》（上），卷1，頁7。

感」從何而來？第一章中已藉由〈詩大序〉一文獲知，其表示「情」
動原因是感於「政教」的外境而生，但我們提過，此係先秦至漢代
儒系者以〈詩大序〉解詩時所給予特殊規定的詩學「體用觀」，所以
我們必得探究「情」動原因之一般性而非特殊性，換句話說，即「情」
動原因不應僅是感於「政教」而已，如鍾嶸〈詩品序〉曾云：「氣之
動物，物之感人，故搖蕩性情，形諸舞詠。」〔註38〕此處「氣」是
指自然界陰晴、冷暖的現象；至於「性情」則爲組合式合義複詞，
此意即「性之情」，然則此義爲何？荀子曾對其做出一般性界義：「性
者，天之所就也；情者，性之質也。」〔註39〕這裡「性」所指爲人
類與生俱來的「本性」；而「情」是「性」的內容，那麼「情」的內
容有哪些呢？荀子說：「性之好惡喜怒哀樂謂之情。」〔註40〕準此，
可察覺「情」則是「性」的發用所產生之動向，也就是「性」的實
質內容，然而，「性」要如何產生「情」？也就係正如鍾嶸所言之「氣
之動物，物之感人」，故鍾嶸此意即大自然現象變化能使事物跟著改
變並使人感動，此刻人的「感情」就被撼動、激發，而表現於歌舞、
吟詠，由此可見，自然環境的變化亦是詩人產生情感的媒介物。

由上看來，我們便可明白人產生好、惡、喜、怒、哀、樂等內容
不僅限於「政教」，大自然環境變化亦可觸動人心，使人產生「情感」，
故無論針對政治抑或自然環境，我們可統稱其爲「外在客觀世界」，
也就是說，「情動」之原因乃在於「感物」，因此，我們明白若要由人
之「性」產生「情」，必得透過外在客觀世界的引發才能產生，這就
是「情感來源」，所以我們就根據此來探究「民間」與一般「文人學
子」的「情」差異何在。

〔註38〕〔梁〕鍾嶸・廖棟樑撰述，《詩品》（台北：金楓出版有限公司，1986
年12月），頁18。
〔註39〕〔戰國〕荀子・〔唐〕楊倞注・〔清〕王先謙集解，《荀子集解・正名》
（台北：世界書局，1962年4月），卷16，頁284。
〔註40〕〔戰國〕荀子・〔唐〕楊倞注・〔清〕王先謙集解，《荀子集解・正名》，
卷16，頁274。

　　首先談「百姓」如何「感物」、「緣事」。由於人民生活在「民間」，不管是「社會」抑或「自然環境」方面都與他們息息相關，甚至關乎其生活，舉凡政治、戀愛、勞動生產等等，一旦這些外在環境、事物發生變化，如農作物收成不佳、良人遠征等，都是引發他們「情感」產生的外在因素，因此人民所感的「物」、所緣之「事」，就是指他們日常生活中那些事物。有了「情感觸動」後，他們就以「語言」的方式表達之，這才是「詩歌」本來面目，因爲原始詩歌起源於上古社會，是經由人民勞動生產、兩性相戀等生活所產生一種富有節奏感、韻律美之語言，故當王叔武與李夢陽對話時開頭就提到：「夫詩者，天地自然之音也。」這裡「自然」即指詩歌自己如此之生化或存在，〔註41〕換句話說，其意係指「詩歌」經由人民所感後用語言的方式產生而成，根本沒有格式上之限制，且內容也反映出他們最「自然」、「眞實」之一面，毫無造作；反觀「文人學子」無法「感動」的原因何在？王叔武曾說：

　　　　夫文人學子，比興寡而直率多，何也？出於情寡而工於詞
　　　　多也。

他提到「文人學子」之所以「情寡」原因主要在於「比興寡」，然則「比興」與「情」的關係爲何？對此，我們必須先了解「比興」是指什麼？關於「比興」之意，最早是由鄭玄從作品內容與作者用意來區分「比」、「興」，他說：「比，見今之失，不敢斥言，取比類以言之；興，見今之美，嫌於媚諛，取善惡以喻勸之。」由此可以察覺，鄭玄對「比興」之解釋係一種用於「政治」方面的語言形式；另外，劉勰則對其作出一般性界義，他提到：「比者，附也；興者，起也。」〔註42〕，當中「附」與「起」分別指涉了兩種不同的動作

〔註41〕「自然」一詞意義的指涉共有三種：（1）非人爲之客觀物質世界，即所謂「自然界」；（2）物物各自己如此之生化或存在；（3）無造作之心靈境界。顏崑陽著，〈中國古典文學批評術語疏解十則〉，收入《六朝文學觀念叢論》（台北：正中書局，1993年2月），頁335～342。

〔註42〕〔梁〕劉勰・周振甫注，《文心雕龍注釋・比興》（台北：里仁書局，

型態，前者是「依附」；後者爲「引生」，然則，「比」所依附的對象
爲何？而「興」是靠何物所引生？對此，劉勰指出兩者所涉及的對
象分別是「理」和「情」，因此，劉勰認爲的「比」、「興」係指兩種
不同型態的情意活動，前者是「理的依附」；後者爲「情的引生」，
其中關於「理」、「情」差異，顏崑陽指出：（1）「理」係對於經驗再
作反思所獲致的解悟概念；「情」乃是直接的感覺經驗。（2）「理」
必須依附於「事物現象」而具存，並且事物現象對於「理」不是外
緣引觸的媒介，而是相即爲理之具體內容；「情」的發生雖必須以「事
物現象」爲外緣引觸的媒介，但本質上是主體性內所具，故其內容
不受外緣引觸的事物現象所決定。〔註43〕由此看來，「比」、「興」可
以說是兩種性質相異的文學因素不同之發用型態。而在此基礎上，
劉勰更進一步指出在文學創作活動上，「比」、「興」涵具了語言構造
理論上的意義：「比」是一種局部修辭的技術──明喻；「興」係一
種整體構造篇章的方式──託喻，也就是整體委婉設喻以寄託作者
志意，故劉勰說：「附理者，切類以指事，起情者，依微以擬議。」
〔註44〕

　　準此，無論鄭玄抑或劉勰解釋「比」、「興」，他們同樣指出「比
興」爲「表現手法」，不過當中更重要的是，在此之前，作者是先受
到某外在事物影響而產生「寫作動機」，如鄭玄提到：「見今之失」、「見
今之美」，便是藉由當時政治的好壞使用不同之「表現手法」表達，
即「不敢斥言，取比類以言之」（比）和「嫌於媚諛，取善惡以喻勸
之。」（興）另外，劉勰所言之「比」，也就是「理」，雖是作者對於
經驗再作反思所獲致的解悟概念，但進行反思前，作者也係因外在客

　　　1998 年 9 月），頁 677。
〔註43〕顏崑陽，〈《文心雕龍》「比興」觀念析論〉（《國立中央大學文學院文
　　　　學報》第 12 期，1994 年 6 月），頁 34～38。
〔註44〕〔梁〕劉勰・周振甫注，《文心雕龍注釋・比興》，頁 677。另外有關
　　　　「比」、「興」在文學創作活動中的理論意義，可見顏崑陽，〈《文心
　　　　雕龍》「比興」觀念析論〉，頁 39～46。

觀事物影響而產生「寫作動機」，才能進一步「切類以指事」，指示出作者欲表達的事理。由此來看，「比」、「興」皆顯示出其爲感發作者「寫作動機」之要素，不過，「比」、「興」還是有所差異，葉嘉瑩就曾對此提出看法：

> 「比」和「興」在表達方式上似乎都明白顯示「情意」與「形象」或「心」與「物」之間，有著由此及彼的某種密切關係，但兩者還是有所不同：（1）就「心」與「物」間相互作用孰先孰後的差別而言，「興」的作用大多是「物」觸引在先，而「心」的情意之感發在後；「比」則爲先有「心」的情意在先，而借比爲「物」來表達在後；（2）就相互感發作用來看，「興」的感發大多於感性直覺之觸引，不必有理性思索安排，是自然的、無意的；而「比」則大多含有理性思索安排，是人爲的、有意的。〔註45〕

除此之外，「比興」也經常連用，故「比興」若爲複合詞，則其各自又對應著不同創作理念與批評觀點：（1）就諷諭寄託而言，「比興」是從詩歌與政治、社會關係來考慮詩人的創作意圖與詩歌效用；（2）就興會感發一層看，「比興」就是詩歌與情感表現、作者與讀者的美感經驗關係來衡量詩歌藝術效果與美學價值。〔註46〕因此，王叔武所言「比興」若爲連用，其應係指後者。

綜合以上來看，無論是「心」「物」先後、感性或理性等問題，其皆關乎作者面對外在客觀世界、事物現象有沒有「寫作動機」之引

〔註45〕見葉嘉瑩著，〈中國古典詩歌中形象與情意之關係例說〉，收入《迦陵談詩二集》，頁119～120。另外關於「興」當「作者感物起情」與「作品興象」之義用是在六朝時期，在此之前先秦時期的「興」是指「讀者感發志意」；西漢毛傳時期還是先秦「興」義的延續，其間略產生「語言符碼」上的「譬喻」概念；到了東漢王逸注《楚辭》、鄭玄箋《詩經》時期，「興」轉變爲結合「作者本意」與「語言符碼」的「託喻」之義。關於「興」義的演變詳見顏崑陽，〈從「言意位差」論先秦至六朝「興」義的演變〉（《清華學報》第2期，1998年6月），頁147～168。

〔註46〕蔡英俊著，《比興、物色與情景交融》（台北：大安出版社，1986年5月），頁154～155。

發，故王叔武所言：「夫文人學子，比興寡而直率多，何也？出於情寡而工於詞多也。」此意即由於「文人學子」寫詩時毫無「寫作動機」，所以當他們面對「韻言」的格律限制只能雕琢字句、講求技巧，故曰：「工於詞多」，而整體內容上又明顯看出作者所要表達之意，即「直率」，故此處「直率」並非指人的性情直爽而係指「表現方面」，也就是作者往往採用直截了當、不留餘地的方式，傾吐自己的思想觀點。

此外，李開先也提出了類似看法，他於〈塞上曲後序〉說：

> 詩在意趣聲調，不在字句多寡短長也。向出使日，情與景會，偶誦其所記者而已。〔註47〕

此處李開先指出詩歌在「表現內容」上只有兩個重點：即「意趣」與「聲調」，並非在於「字句多寡短長也」，此便意謂他認爲詩歌寫作可以不必拘泥其外在形式。然而，詩歌的「意趣」、「聲調」該如何產生呢？也就是作者必須要有「創作動機」，而此「創作動機」即是他提到的：「向出使日，情與景會」，所謂「出使」是指上位者派遣官員接受使命出外辦理外交事務，也就是說，李開先認爲昔日使臣奉命出使時，所作詩歌並不是特意「爲文造情」，而係他們在沿路中將自己當下所感、所見事物以詩歌方式記述下來罷了，如此便能達到「情與景會」，即所謂「情景交融」。〔註48〕可見他認爲只要有「創作動機」，作者之「情」便能融入外在景物，而表現出來的詩歌便有作者「意趣」與「聲調」。

不僅如此，他甚至針對詩歌這種體製提出看法：

> 詩則尤未易言者，感物造端，因聲附氣，調逸詞雄，情幽興遠，風神氣骨，超脫塵凡，非胸中備萬物者，不能爲詩

〔註47〕〔明〕李開先著・卜健箋校，《李中麓閒居集・塞上曲後序》，收入《李開先全集》（上），頁448。

〔註48〕「情景交融」所蘊涵的美學觀念原在於抉發傳統詩歌創作中情感與自然物象間相互觸引、感發的表現模式；而就傳統詩歌的批評理論而言，這種「觸物起情」、「感物吟志」的表現模式，實際上就是詩歌的本質的問題，見蔡英俊著，《比興、物色與情景交融》，頁17。

之方家。〔註49〕

李開先這裡所謂的「感物造端，因聲附氣」，係指當詩人受到外界客觀事物引發「情感」後，接著他便會產生情緒並藉由聲音表達之，其中「氣」便是指人的情緒所表現出來的精神狀態。因此，這樣的「創作動機」發生是很自然而然，故劉勰提到：「人稟七情，應物斯感，感物吟志，莫非自然。」〔註50〕不過，當詩人以詩歌方式表現其情緒時，李開先表示在聲調、用詞、情感與趣味上分別要展現出他所認爲的體要〔註51〕——「逸」、「雄」、「幽」及「遠」，即是聲調要超絕、用詞要深刻、情感要隱微而不讓人一眼看出，如此才能耐人尋味，詩歌便有「風神氣骨」，所謂「風神」是指詩歌內在特質之藝術外現，給予讀者的一種總體藝術感受，偏重於言外象外的、能給讀者以無限想像餘地的藝術感發力量。〔註52〕「氣骨」則爲作者在詩歌中表現出來的性格、氣概，此才是文人詩歌與民間不同之地方。由上可察覺，詩歌這種體製在李開先看來是不易言說的，故他說：「詩則尤未易言者」，而在此基礎上，他提到：「非胸中備萬物者，不能爲詩之方家。」此處「胸中備萬物」係就詩人對宇宙人生豐富的體驗而言，也就是說，如果詩人沒有豐富之生活體驗，那麼在作詩時就便只是拼湊文字，徒具形式，而無法表現出作者的情感，此便不能算是詩人。

準此，雖然王叔武與李開先的批評對象不同，但就「百姓」、「文人學子」的「創作動機」這點來看兩者是持同樣的看法，因此，作者「有感動」或沒有「感動」之間，其所寫出來的作品便會產生「爲情

〔註49〕〔明〕李開先著・卜健箋校，《李中麓閒居集・海岱詩集序》，收入《李開先全集》（上），頁394。

〔註50〕〔梁〕劉勰・周振甫注，《文心雕龍注釋・明詩》，頁83。

〔註51〕體要是指「文章立體（即建立這一文類之「體」，而「大要」及主要原則）的正當準則」，具有規範效用，爲文者當知所遵循。見顏崑陽，〈論「文體」與「文類」的涵義及其關係〉（《清華中文學報》第 1 期，2007 年 9 月），頁38～39。

〔註52〕「風神」最早是指人的風采神情，後來「風神」也用來評論作品。見袁行霈著，《唐詩風神及其他》（香港：香港城市大學，2005 年），頁 1。

造文」或「爲文造情」兩種情況，而在此情形下我們發現作者以作品所表現出來的都是「情」，那麼這兩者有何分別呢？劉勰就曾以「詩人」與「辭人」的作品作一比較並認爲：「詩人什篇，爲情而造文；辭人賦頌，爲文而造情。」〔註53〕此處爲何他說詩人「爲情造文」？而辭人卻是「爲文造情」？他接著提到：「風雅之興，志思蓄憤，而吟詠情性，以諷其上，此爲情而造文也。」〔註54〕他認爲《詩經》中風、雅作品的作者，由於心中蘊藏鬱結煩悶之氣的思想感情，於是他們便利用詩歌把這樣的感情表現出來，藉以諷刺上位者，所以是「爲情造文」。這裡很明顯看出，劉勰還是擺脫不了漢儒解詩之影響，將《詩經》作品限定在「上以風化下，下以風刺上，主文而譎諫，言之者無罪，聞之者足以戒」〔註55〕的「政教之事」「效用」上，不過我們重點並不於此，而是在「志思蓄憤，而吟詠情性」，表示劉勰已經注意到作者因外在的環境影響，使他產生「情緒」繼而以詩歌表現出來，此如同他在〈物色〉所言：「春秋代序，陰陽慘舒，物色之動，心亦搖焉。」〔註56〕即爲「外在客觀自然環境」，所以他認爲「詩人」皆是「爲情造文」；反觀「辭人」「心非鬱陶，苟馳夸飾，鬻聲釣世，此爲文而造情也。」〔註57〕由於那些辭賦家胸中本來就沒有感情鬱結，卻隨意施展誇張文飾的手法，借此沽名釣譽，只是爲寫作而虛構感情、無病呻吟，他認爲這就是「爲文造情」。從劉勰的分析中我們已經明白，「爲情造文」與「爲文造情」差別就是在於作者有沒有「情感」引發，同樣的，我們可以此兩者來看「百姓」與「文人學子」之詩歌，便很清楚其差異。

〔註53〕〔梁〕劉勰‧周振甫注，《文心雕龍注釋‧情采》，頁600。

〔註54〕〔梁〕劉勰‧周振甫注，《文心雕龍注釋‧情采》，頁600。

〔註55〕〔漢〕毛亨傳‧〔漢〕鄭玄箋‧〔唐〕孔穎達疏，《十三經注疏‧毛詩正義》（上），卷1，頁13。

〔註56〕〔梁〕劉勰‧周振甫注，《文心雕龍注釋‧物色》，頁845。

〔註57〕〔梁〕劉勰‧周振甫注，《文心雕龍注釋‧情采》，頁600。

二、「民間」與一般「文人學子」的「聲音」有何不同

了解「文人學子」與「百姓」「情感來源」後，接著便要探究兩者在「聲音」上差異何在。

由上文已經知道，因爲百姓受到外在客觀環境變化影響，使他們心中產生了「情感」，即所謂「感物起情」，然後接著便以語言呈現之，然則「聲音」要如何表現其喜怒哀樂的情緒？我們以袁中道的〈遊荷葉山記〉一文來看就可清楚揭示。他於文中提到與袁宏道一同出遊，回途中突然聽到：

> 有聲自東南來，慷慨悲怨，如嘆如哭。即而聽之，雜以轆轤之響。予乃謂二弟曰：「此憂旱之聲也。夫人心有感于中，而發于外。喜則其聲愉，哀則其聲悽。女試聽夫酸以楚者，憂禾稼也；沉以下者，勞苦極也；忽而疾者，勸以力也。其詞俚，其音亂，然與旱既太甚之詩，不同文而同聲，不同聲而同氣。眞詩其果在民間乎！」〔註58〕

從上文可以察覺，袁中道所聽到來自東南方的爲「憂旱之聲」，但他何以知道？他除了指出其聲音「慷慨悲怨，如嘆如哭」之外，當中還「雜以轆轤之響」，所謂「轆轤」是一種提取井水的起重裝置，在古代經常被廣泛應用於農業灌漑上，可見他是透過「慷慨悲怨，如嘆如哭」與「轆轤之響」等聲音來判定其與「農事」有關。然而，爲何農民會發出「慷慨悲怨，如嘆如哭」的聲音呢？上文談及，當人受到外在客觀環境的影響後，他便會藉由聲音來表達其情緒，故在此觀點下，得知農民所面對之環境爲「久旱不雨」。明白農民所「感」之事與其情緒後，接著袁中道便要袁宏道（文中「二弟」並非指袁中道的弟弟，而是指袁家三兄弟的「排行」而言。）繼續聆聽其聲音，發現從「酸以楚」、「沉以下」、「忽而疾」等「聲音」就可以判別農民「憂禾稼」、「勞苦極」、「勸以力」等行爲，得知農民只要受到外在環境影響，使之內心觸動並藉由「聲音」高低起伏變化表達情緒，其他人也

〔註58〕〔明〕袁中道著‧錢伯成點校，《珂雪齋集‧遊荷葉山記》（中），卷12，頁531。

就可以了解他們的喜怒哀樂，難怪袁中道特別提到：「夫人心有感于中，而發于外。喜則其聲愉，哀則其聲悽。」另外，在這基礎上，李開先也曾藉由「聲音」來判斷〈山坡羊〉、〈鎖南枝〉所表現出來的情感：「一則商調，一則越調。商，傷也；越，悅也。」

因此，就這些農民表現出來的情感，袁中道認爲「其詞俚，其音亂」，當中「詞」是針對農民所表達出來的話語而言；至於「音」則係指農民的聲音，而此聲音即爲「酸以楚」、「沉以下」、「忽而疾」，也就是說，由於農民受到久旱不雨之影響，使他們表達出來之語言不僅通俗，且聲音還雜有「酸以楚」、「沉以下」、「忽而疾」等「聲音」，故曰：「其音亂」。儘管如此，但袁中道認爲其與《詩經·大雅·雲漢》有異曲同工之妙，而這裡他所提及的「旱既太甚」即是〈雲漢〉全文一部份，此爲一首求神祈雨之詩，可以從中約略窺見當時旱災的嚴重。所以袁中道表示這兩者「不同文而同聲，不同聲而同氣。」所謂「文」是指詩的語言文字之內容意義；至於「聲」係指他們受到「旱災」影響所產生的「悲傷之音」；而兩者農民所反應、表現出來之情緒或精神狀態，此即爲「氣」。故此意係說，縱使當下環境與〈雲漢〉所描寫時代與內容皆不同，但這些都是農民對外在環境變化所產生最「自然」、「眞實」的情感，因此最後他便提到：「眞詩其果在民間乎」。

明白百姓「聲音」來源與特點後，接著要探究「文人學子」表現的「聲音」與其有何不同？前文已經提過人民有了「感動」之後，便會用「聲音」來表達自己的「情感」；然而，「文人學子」的「聲音」從何而來？那就是「韻言」。因爲我們說過其就是指句數、押韻和平仄等格律皆有嚴格限制的絕句、律詩，故「文人學子」的聲音來源便是指「格律」中的「平仄」。那麼我們追問，當中「平仄」不就是詩人所作出來詩歌的聲音嗎？難道它不能算「聲音」？故此處就必須辨別「格律」在詩歌中的意義。

詩歌聲音在沈約四聲說之前都還是「自然之音」，不過在他之後越來越被重視，反而變成「人爲」，且論述也越趨精密完整，他曾說：

「欲使宮羽相變，低昂舛節，若前有浮聲，則後須切響。」〔註59〕他認為詩歌創作應使高低輕重不同的字音互相間隔運用，使語音具有錯綜變化、和諧悅耳之美，當中浮聲係指平聲；切響則為上、去、入三聲，即我們現在所謂的仄聲。此大概與劉勰所言差不多：「凡聲有飛沈，響有雙疊。……沈則響發而斷，飛則聲揚不還。」〔註60〕黃侃對此解釋為：「飛謂平清，沈謂仄濁。……一句純用仄濁，或一句純用平清，則讀時亦不便，所謂沈則響發而斷，飛則聲揚不還也。」〔註61〕可是，唐代以後，詩的形式逐漸趨於統一，對於平仄、對仗及詩篇的字句等，都有嚴格的規定，後世便稱此為「近體詩」，雖然他們也講究平仄格式、拗救、對仗等，但大抵上還是有其通則，〔註62〕只不過，這樣的演變使整個「韻言」就只有兩個「格律譜」——「平起」、「仄起」。而當「文人學子」於寫作時，便依照前人從唐宋詩中所歸納而成的「格律譜」——填入字句來符合其格式，因此，所反映出來的「聲音」便是人為造作而非「自然之音」，且根本無法感受到作者的情緒起伏，所以這就是「文人學子」與「人民」之聲最大差別。

綜合以上兩點觀之，「百姓」與「文人學子」的「情感」、「聲音」關係就顯而易見：當人民面對外在客觀環境的變化使他產生「情感」，繼而用聲音表達出其情緒，此過程是最真實之反應；反觀「文人學子」在「情感」上沒有感動、「為文造情」，甚至從既有的「格律譜」中去追求「聲音」協律，這樣不僅死板，還無法感受到「文人學子」的情緒。因此，「民間」的「情感」、「聲音」除了自然、真實之外，我們還可以發現另一個特點就是「感人」，如王叔武提到民

〔註59〕〔梁〕沈約著，〈宋書謝靈運傳論〉，收入《文選》（台北：華正書局，2000年10月），頁703。

〔註60〕〔梁〕劉勰·周振甫注，《文心雕龍注釋·聲律》，頁629。

〔註61〕黃侃著·吳方點校，《文心雕龍札記·聲律》（北京：中國人民大學出版社，2004年9月），頁117。

〔註62〕關於唐代近體詩格律問題，見王力著，《漢語詩律學》（香港：中華書局，2001年1月），第一章。

間百姓在娛樂或勞動當中所吟詠出來的語言，亦會引起周遭人一起投入，故才說「一唱而群和」，甚至當李夢陽懷疑外來音樂內容淫傷哀怨，不能算「眞詩」時，王叔武便反問他：「子之聆之也，亦其譜，而聲音也，不有卒然而謠，勃然而訛者乎！」〔註63〕認爲只要「聲音」能讓他人感受到作者的「情緒起伏」並因此「感動」、「產生共鳴」，那麼「雅俗」問題也就不是那麼的重要，所以才使李夢陽同意「眞詩」這個觀念。可見「聲音」不僅與作者的情緒有極大關係，且還能感染其他人，使別人也可由此得知作者情緒與其所面對的環境，故「情感」與「聲音」是彼此相關的。

第三節　「眞詩」的特質爲何

　　從上文得知「百姓」與「文人學子」之「情感」、「聲音」差異後，也明白「聲音」必定是根據「情感」而來，王叔武對此曾說：「眞者，音之發而情之原也。」所以王叔武等人分辨「眞詩」與「僞詩」差別也就在於「情」了。既然明代文人以「情」來判斷詩歌眞假，我們便產生一個問題，難道明代初期沒有人主張嗎？如果有，那麼「眞詩」觀念爲何到明代中期才被提出？其中有什麼特別意義嗎？因此我們需先討論「眞詩」觀念前所主張「詩歌抒情」的看法與其差異，才能眞正了解「眞詩」的意涵。

一、類似「眞詩在民間」的觀念

（一）類似「眞詩」的觀念

　　明代初期主張「詩歌抒情」的文人不是沒有，如宋濂曾在〈霞川集序〉說：

> 蓋詩者，發乎情，止乎禮義者也。情之所觸，隨物而變遷，
> 其所遭也忳以鬱，則其辭幽；其所處也樂而艷，則其辭荒。

〔註63〕〔明〕李夢陽著，《空同先生集‧詩集自序》（第四冊），卷50，頁1437。

推類而言，何莫不然，此其貴乎止於禮義也歟？止於禮義，
則幽者能平而荒者知戒矣。〔註64〕

首先他承認詩歌是作者藉以「抒情」的工具，而此「情」產生是由外
在環境所引發，大抵與「眞詩」內涵差不多，不過特別注意的是，這
裡宋濂所指外在環境有其限定的，是指「社會事物」——即「政治」，
因此當作者「以己之情」所寫出來的詩歌，隨著自己所見、所處環境
不同而於遣詞用字上會有所隱微、不合情理、不實，此刻宋濂就認爲
如果作者能將此「觸物起情」之「情」的抒發導入勸懲、裨益治教正
途，那麼作者這種「不滿之情」將會有所寄託，且又能符合「止乎禮
義」的儒家說法，達到「主文而譎諫，言之者無罪，聞之者足以戒」
的效用，此「情感」的抒發便得到了正常宣洩。故我們按照宋濂的看
法可以得知，他同意作者作詩可以「抒發個人之情」，但此「情」必
得導於「禮義」且又要利於「政教」，可說是一舉兩得。

除此之外，劉基甚至主張詩歌內容應該要以「美刺、風戒」爲本，
且具有政教功能，他曾在〈照玄上人詩集序〉說：

夫詩何爲而作哉？情發於中而形於言。國風、二雅列於六
經，美刺風戒，莫不有裨於世教。〔註65〕

首先，劉基提到詩歌的「寫作動機」爲「情發於中而形於言」，此處
明顯是依循著〈詩大序〉：「情動於中而形於言」之論述，也就是當人
在心中產生情感後，接著便以言語的方式表達之。此外，他還認爲「國
風、二雅列於六經」之目的是「美刺風戒」，且有利於當時的社會教
化。

另外，他在〈書紹興府達魯花赤九十子陽德政詩後〉也提到類似
觀念：

予聞國風、雅頌，詩之體也，而美刺、風戒，則爲作詩者

〔註64〕〔明〕宋濂，《宋學士先生文集輯補‧霞川集序》，收入《宋濂全集》
（第四冊）（浙江：浙江古籍出版社，1999 年 12 月），頁 2024。

〔註65〕〔明〕劉基‧林家驪點校，《劉基集‧照玄上人詩集序》（浙江：浙
江古籍出版社，1999 年 12 月），第 2 卷，頁 74。

之意，是故先王陳列國之詩，以驗風俗、察治忽公卿大夫
之耳可聵，而匹夫匹婦之口不可杜。〔註66〕

劉基這裡提到了風、雅、頌三者是組成《詩經》這部作品的主要部份，
並且他還進一步指出其內容的「美刺、風戒」全是「作者本意」，也
即作者係利用「語言符碼」搭配「作者本意」來達到「託喻」〔註67〕
之義，在此情況下，他便認爲周王朝採集和編纂《詩》是有理由的，
其目的就是要觀風俗、察民情，作爲政治之參考書。

　　由上可以察覺，劉基雖然也重視作者「情」的抒發，但他往往將
此導向於對「政教」社會情境所反映的經驗裡，可見劉基也明顯受到
漢儒解經的影響。

（二）類似「眞詩在民間」的觀念

　　另外，類似「眞詩在民間」的觀念也有人提出，如臺閣體詩人楊
榮曾在〈逸世遺音集序〉說：

嗟夫，詩自《三百篇》之後，作者不少，要皆以自然醇正
爲佳。世之爲詩者務爲新巧而風韻愈凡，務爲高古而氣格
愈下，曾不若昔時閭巷小夫女子之爲，豈非天趣之眞與夫
模擬掇拾以爲能者，固自有高下哉！〔註68〕

此處可以發現，首先楊榮認爲《詩經》是具有「自然醇正」的風格，
所謂「自然醇正」係指一種無造作且淳樸正直之心靈境界，而在此觀
點上，他還特以這種風格去判斷詩人的好壞。接著，他指出當時作詩
之人追求「新巧」、「高古」，所謂「新巧」係指新奇巧妙的文字；「高
古」則爲高雅古樸之風格，此意即楊榮認爲這樣的作詩方法詩歌不僅

〔註66〕〔明〕劉基・林家驪點校，《劉基集・書紹興府達魯花赤九十子陽德
　　　　政詩後》，第4卷，頁137。
〔註67〕所謂「託喻」充要的義涵必結合「寄託」、「譬喻」與「勸告或告曉」。
　　　　見顏崑陽，〈論詩歌文化中的「託喻」觀念——以《文心雕龍・比興
　　　　篇》爲詩論起點〉，收入《魏晉南北朝文學與思想學術研討會論文集》
　　　　第三輯，（台北：文津出版社，1997年9月），頁211～220。
〔註68〕〔明〕楊榮，《文敏集・逸世遺音集序》，收入《景印文淵閣四庫全
　　　　書》（第1240冊）（台北：台灣商務印書館，1983年），卷11，頁169。

失去了韻味，而其個人所展現出來的氣勢、風格就越卑下。然則，該如何改善這樣之弊病呢？楊榮提到「閭巷小夫女子」所作的詩歌是有其自然情趣，可見楊榮讚賞民間百姓那種發乎自然的「情感」，也即他一開始提到的《詩經》具有「自然醇正」之風格，因此與那些「模擬綴拾以爲能者」之詩比較起來，已經可以從中分出優劣高下了。此外，臺閣體另一名詩人楊士奇更指出詩歌應表現對時世的感受，故他提到：「以其和平易直之心，發而爲治世之音。」〔註69〕可見他認爲作者應將個人謙遜、平易正直之心用於關乎國家盛衰上。

　　如此看來，楊榮與楊士奇雖也主張詩歌「以情爲本」，不過楊士奇卻特別把這樣的本質「用」於國家盛世上，且「情」的抒發還得「正」，另外，楊榮還曾秉持著「性情之正」的人才能稱作詩人、君子，他說：「君子之於詩，貴適性情之正而已」〔註70〕，又說「苟非出於性情之正，其得謂之善於詩者哉？」〔註71〕。可見在情感抒發上，他還是將此導向正心、無邪，即「發乎情，止乎禮義。」

　　除此之外，李東陽其實也注意到「民間百姓的眞情抒發」，他說：

> 詩有別材，非關書也；詩有別趣，非關理也。然非讀書之多明理之至者，則不能作。論詩者無以易此矣。彼小夫賤隸婦人女子，眞情實意，暗合而偶中，固不待於教。而所謂騷人墨客學士大夫者，疲神思，弊精力，窮壯至老而不能得其妙，正坐是哉。〔註72〕

前面幾句很明顯是來自嚴羽《滄浪詩話‧詩辨》的看法。〔註73〕李東

〔註69〕〔明〕楊士奇，《東里文集‧玉雪齋詩集序》，收入《景印文淵閣四庫全書》（第1238冊）（台北：台灣商務印書館，1983年），卷5，頁54。

〔註70〕〔明〕楊榮，《文敏集‧省愆集序》，收入《景印文淵閣四庫全書》（第1240冊），卷11，頁168。

〔註71〕〔明〕楊榮，《文敏集‧省愆集序》，收入《景印文淵閣四庫全書》（第1240冊），卷11，頁169。

〔註72〕〔明〕李東陽撰，《麓堂詩話》，收入丁福保輯，《歷代詩話續編》（下），頁1378。

〔註73〕「夫詩有別材，非關書也，詩有別趣，非關理也。然非多讀書、多

陽特別用嚴羽之言，除了受到他的影響外，主要也是同意作詩不能不讀書與不可不明白書中之理的意義，即使是論詩者亦然。接著，他以「小夫賤隸婦人女子」與「騷人墨客學士大夫者」做一對照，此處「騷人墨客學士大夫」是泛指那些讀書人、文人與官員。他認爲那些讀書仕進者，雖然飽讀詩書，不過當他們進入實際寫作時，卻是「疲神思，弊精力」，此意謂他們爲了寫詩，使其精神和體力皆受到消耗而感到困乏；但反觀那些民間百姓，雖然書讀得不多，但當他們表達自己情感時，所抒發出來卻是那樣地自然、眞實。由此可見，兩者差異便是在於有無「情感」之引發，故他提到那些讀書仕進者即使到老還是「不能得其妙」，當中「妙」便指詩歌中精微深奧之事理，也就是「情感」的引發；至於那些民間百姓因爲係經由內心自然抒發自己的情感，因此，李東陽稱他們這樣的表現是「暗合而偶中」，也就是符合他所重視的詩歌本質——抒情。

綜合以上兩點觀之，無論是「詩歌抒情」或類似「眞詩在民間」的觀念，於王叔武等人提出前就已有相關討論，不過當中可以發現，宋濂、劉基都將詩歌所表現之「情」導向儒家「發乎情，止乎禮義」的觀念，如宋濂提到：「蓋詩者，發乎情，止乎禮義者也。」他們甚至認爲詩歌要有利於教化，此處便明顯已經將詩歌「自體功能」轉成「衍外效用」；另外，楊榮、李東陽也早已經注意到文壇詩人與民間百姓所作詩歌之差異，他們皆認爲由於文人作詩沒有情感，因此在寫作時便只能「模擬綴拾」、「疲神思，弊精力」，而民間百姓表現的卻是「眞情實意」，也難怪楊榮特以「自然醇正」之風格來評斷詩人好壞。

二、提出「眞詩」的眞正意義

既然「詩歌抒情」或類似「眞詩在民間」的觀念已在之前出現，

窮理，則不能極其至。」〔宋〕嚴羽著・郭紹虞校釋，《滄浪詩話校釋・詩辨》（台北：里仁書局，1987 年 4 月），頁 26。

那麼提出「眞詩在民間」之觀念眞正原因何在？除了上文提及「情」與「聲音」外，另一個則是針對「詩的功能」而言。由於明代詩文普及，其需求量也相對增多，尤其一些應酬用之詩文充斥在文人日常生活中，在這種情況下，有自覺的文人同意在詩文方面求「眞」，也即是探討詩文「本質」，不過，其往往把「情」和儒家道德論結合在一起。另外，不僅針對詩文，他們甚至對書畫器物的跋記銘贊也要求眞實。〔註74〕

準此，若就「眞詩」來看，其意義便是在於詩歌除了「抒情」外，更不該將詩歌「使用」於應酬方面，而更重要的則是希望「文人學子」把這種「情」、「志」抒發在「個人之情」而非「政治」，這才是他們所言「風」詩的義涵。不過我們發現同樣提出「眞詩」觀念與其特點，王叔武等人目的卻還是有所相異：王叔武認爲民間詩歌是百姓「緣事而發」後，藉由「聲音」表現出其情感所產生，而這便是他所謂的「眞」，因此他說：「眞者，音之發而情之原也。」至於他提出「眞詩在民間」之觀念目的爲何？就是希望「文人學子」能學習民間詩歌的「精神態度」，作出具有感情且又能感人的「眞詩」，而非拼湊文字、爲文造情；至於李開先提出「眞詩」之目的正在於其對俗文學的重視、倡導，他從理論高度去弘揚俗文學的意義和價值，他認爲文學精神離不開「眞」，而眞正文學藝術是深深植根於民眾和民族的土壤中；〔註75〕袁氏兄弟提倡原因則是反對儒家詩教講求那種溫柔敦厚、樂而不淫等企圖壓抑心中不滿情緒的說法，可見「眞」是體現於作者在詩歌中的「眞實情感」。〔註76〕準此，就李開先與袁氏兄弟的共同點來看，他們提出「眞詩在民間」的概念，希望藉此讓「文人學子」回到當初沒

〔註74〕明代詩文、書畫器物的跋記銘贊等「求眞」原因，見簡錦松著，〈論明代文學思潮中的學古與求眞〉，收入《古典文學》（第八集）（台北：學生書局，1986年4月），頁331～346。

〔註75〕卜鍵著，《金瓶梅作者李開先考》（甘肅：甘肅人民出版社，1988年6月），頁203。

〔註76〕張惠喬，〈袁宏道文學理論中的「眞」〉（《鵝湖月刊》第29卷第2期總號第338，2003年8月），頁41～42。

有受到文化虛假化、形式化束縛的空間，保持著「自然」眞情實感的
生活情境，畢竟所有「文人學子」尚未經由科舉考試晉身前，都是生
活在沒有「禮義」規範的民間中，而作出表現自己的詩歌，其中，袁
氏兄弟又正處於老莊之說流行時代。〔註77〕如莊子就說：「禮者，世
俗之所爲也；眞者，所以受於天也。自然不可易也。故聖人法天貴眞，
不拘於俗。」〔註78〕莊子認爲由於外在各種情境的限制，使人無法自
適、逍遙，所以他強調「眞者，所以受於天也」，也就是要人解開外
在的種種束縛，回歸自然、回到人最純正的「本性」。而我們從根本
來看，人尚未受到「禮義」規範時，每個人都是保有著純眞的性情、
「不拘於俗」，如《詩經》風謠中的百姓，都表現出他們那種最眞摯
的感情。不過「眞詩在民間」之觀念提出，並不是要所有文人去學習
「民謠」、「民歌」，重要的是要他們從其「創作精神態度」中去學習
表現出具有「眞情實感」且又能感人的「眞詩」，也即爲在「韻言」
中達到「民間性」。

　　準此，我們看到王叔武、李開先與袁宏道兄弟提出的「眞詩在民
間」觀念，其所言「眞詩」之「眞」都有其特別意義，是有別於宋濂、
劉基、楊榮與李東陽等人的。另外可以察覺，李開先與袁宏道兄弟其
目的在於期望「文人學子」能坦率表達不受禮義拘束的私生活領域中
之情懷，此與中國古典詩所抒發公共生活領域情懷是有「質」的區別。
〔註79〕

第四節　文人如何在「格律」限制下作出「眞詩」

　　明白王叔武等人提出「眞詩」觀念特質與眞正目的後，察覺「文
人學子」作「僞詩」最主要原因是沒有「寫作動機」產生，對此，我

〔註77〕林保淳著，《經世思想與文學經世——明末清初經世文論研究》（台
　　　　北：文津出版社，1981年12月），頁166～184。
〔註78〕〔戰國〕莊子・錢穆著，《莊子纂箋・雜篇・漁父》，頁264。
〔註79〕陳文新著，《明代詩學的邏輯進程與主要理論問題》（武漢：武漢大
　　　　學出版社，2007年8月），頁127。

們便要探討他們該如何引發「情感」？接著便進一步討論當他們產生「情感」後，面對那些「韻言」格律如何才能作出「眞詩」？上文雖提到三人的目的不同，但基本上對情感來源討論是相同的，因此討論上係可以共通。

我們已經明白「眞詩在民間」的提出，主要是針對「文人學子」沒有「感動」而發，然則，他們該如何產生「寫作動機」並進一步創作「眞詩」呢？對此，歸莊曾提到：「詩則不然。本以娛性情，將有待於興會。」﹝註80﹞此是他針對詩文之別所提出之看法，﹝註81﹞但就「詩歌情感來源」而言，他的說法是相當貼切。而他提及詩歌本質是「娛性情」這點正符合「眞詩」條件，並且認爲作者要以詩歌抒發情感，主要得憑藉「興會」，那麼「興會」之意爲何呢？歸莊並沒有說明，只是與散文「創作場域」作一對照，他說：「興會則深室不如登山臨水，靜夜不如良辰吉日，獨坐焚香啜茗不如與高朋勝友飛觥痛飲之爲歡暢也。」﹝註82﹞他提到的「深室」、「靜夜」、「獨坐焚香啜茗」皆是指創作散文的最佳時間與空間，因爲創作散文目的主要是爲了清楚地表述其「哲理」讓讀者明白，故得平靜構思自己文章內容，其中作者清晰的脈絡便可以展現；反觀「登山臨水」、「良辰吉日」、「與高朋勝友飛觥痛飲之爲歡暢也」則是詩人最佳「寫作動機」的媒介，因爲詩歌本就是作者「抒情」用，故作者可以選擇心情愉快的一天走出戶外、與朋友聚會，在這樣的情境下便能引發作者「情感」並藉此寫成詩歌。

據此，歸莊所謂「興會」和單純因物起情的「興」有沒有不一樣？我們知道「情」的發生必須有外在環境做爲媒介，否則便是「爲

﹝註80﹞ 〔明〕歸莊著，《歸莊集‧吳門唱和詩序》（上海：上海古籍出版社，1982 年 2 月），卷 3，頁 191。

﹝註81﹞ 「余嘗論作詩與古文不同：古文必靜氣凝神，深思精擇而出之，是故宜深室獨坐，宜靜夜，宜焚香、啜茗。詩則不然。本以娛性情，將有待於興會。」見〔明〕歸莊著，《歸莊集‧吳門唱和詩序》，卷 3，頁 191。

﹝註82﹞ 〔明〕歸莊著，《歸莊集‧吳門唱和詩序》，卷 3，頁 191～192。

文造情」,加上每個作者之存在生活經驗都是個殊的,只待外物引發
他心中那許多「情感」經驗當中的一個,所以當外在環境產生變化,
如樹上葉子受到強風的吹動而落下,也許第一位作者看到便產生了
「生命無常」之感概;另一位作者目睹此景或許引發了他「思鄉」
之情等等,故我們可以說於外在景物變化的前提下,不同作者看到
時就會因自己的個殊經驗而產生相異之「情感」。準此,「會」字便
可以找到其貼合之意義,《爾雅·釋詁上》對「會」的解釋即為:「會,
合也。」〔註83〕故明白「會」與「合」兩者互訓,王力也認為「會」
字有會合、相合、時機等意義,〔註84〕若我們依照上文的論述,當
以「會合」較為適合,而此亦比「興」的解釋更加深刻。而蔡英俊
也對「興會」提出界說,使我們更能肯定其意義:

> 「興會」一詞應包括「佇興」與「神會」兩種心理活動,
> 以及二者交互為用所顯示的創作表現方式。「佇興」即是審
> 美活動中第一個階段,在此與情感意念相關的各種成分由
> 外在的物象加以引動,而得以集中在一個共同的觀點上,
> 並展開創作表現活動;「神會」則代表了審美活動中第二個
> 階段,在此外在具體物態所以能成為創作材料,並且具顯
> 為個別意象,主要就是經由內心關照而取得彼此間的相關
> 性與聯繫,並有著情感的意義或價值。〔註85〕

所以我們發現,「文人學子」只要走到外面的世界,藉由外在客觀事
物變化引發他以前生活經驗或「情感」當中一個「會合」,那麼由此
表現出來便是作者最真摯、個殊之感情。

有了「情感」後,接著「文人學子」便要思考如何在「韻言」格
律底下表現自己的「情感」,甚至在格律譜中呈現出自己之情緒、風

〔註83〕〔晉〕郭璞注·〔宋〕刑昺疏,《十三經注疏·爾雅注疏》(北京:北
　　　京大學,1999年12月),卷1,頁18。
〔註84〕見王力主編,《王力古漢語字典·曰部·會字條》(北京:中華書局,
　　　2000年6月),頁450。
〔註85〕蔡英俊著,《中國古典詩論中「語言」與「意義」的論題——「意在
　　　言外」的用言方式與「含蓄」的美典》(台北:台灣學生書局,2001
　　　年4月),頁261。

格。故李開先才說：「詩則尤未易言者，……，非胸中備萬物者，不能爲詩之方家。」可見「文人學子」所作詩歌必須考量更多問題，如：語言、技法等，但由於是牽涉「眞詩」特質──「情感」、「聲音」，故此處筆者僅對如何在「格律譜」之下表現自己情緒問題做一探討。關於此，其實在王叔武提到「眞詩在民間」觀念前，李東陽就注意到詩歌「聲調」問題：

> 所謂律者，非獨字數之同，而凡聲之平仄，亦無不同也。然其調之爲唐爲宋爲元者，亦較然明甚。此何故耶？大匠能與人以規矩，不能使人巧。律者，規矩之謂，而其爲調則有巧存焉。敬非心領神會，自有所得，雖日提耳而教之無益也。〔註86〕

首先李東陽所謂的「律」是就「格律」而言，即爲「韻言」格式中對字數、平仄等的相關限制，他覺得自唐代以來絕句、律詩成熟後大抵「格律」都一樣，不過，爲何他可以從「唐」、「宋」甚至「元」代之詩分出其各自所屬朝代？他指出重點就是在於「調」，這裡「調」李東陽所指涉的是「聲調」，也就是說，這三個朝代在同個「格律」下反而能展現出自己的時代風格，重點便是在於「調」，故當費廷言請教他作詩方法時，他便回答：「試取所未見詩，即能識其時代格調，十不失一，乃爲有得。」〔註87〕因此，侯雅文曾將「調」分爲兩類：一是由時代或地域爲決定性因素，所形成互別的群體調式；第二種係指人因性情或個殊的稟賦，表現在行爲舉止上，所呈現出來的風姿、氣度。〔註88〕可見李東陽此處「調」是指前者；不過我們可以發現，李東陽認爲由「調」亦能得知個人風格甚至可評斷個人高下，即所謂

〔註86〕〔明〕李東陽撰，《麓堂詩話》，收入丁福保輯，《歷代詩話續編》（下），頁1379。

〔註87〕〔明〕李東陽撰，《麓堂詩話》，收入丁福保輯，《歷代詩話續編》（下），頁1371。

〔註88〕侯雅文著，《李夢陽的詩學與和同文化思想》（台北：大安出版社，2009年9月），頁106。

「才調」，他提到：「韓蘇詩雖俱出入規格，而蘇尤甚。蓋韓得意時，
自不失唐詩聲調。」〔註89〕此處「韓蘇」分別指韓愈、蘇軾。李東陽
指出他們所作詩歌皆超出了一定標準、法式，當中又以蘇軾最爲嚴
重，接著，他表示韓愈特別以此爲豪，可是其表現出來又「不失唐詩
聲調」，可見李東陽是由他的詩歌得知其風格；至於以「聲調」評斷
個人高下，他說：「國初稱高楊張徐。高季迪才力聲調，過三人遠甚。」
〔註90〕「楊張徐」是指楊孟載、張來儀、徐幼文。李東陽認爲高季迪
無論是個人「才力」或詩歌表現出來之「聲調」，皆較此三位來得優
秀。準此，無論「時代」抑或「個人」之「調」，皆顯示李東陽相當
重視「聲調」的問題。

　　然則，「聲調」跟「格律」關係爲何呢？他說：「今之歌詩者，
其聲調有輕重清濁長短高下緩急之異，聽之者不問而知其爲吳爲越
也。」〔註91〕我們知道關於「平仄」方面其實還可以細分：「平聲」
中有分陰平、陽平；至於「仄聲」則爲上、去、入，若仔細探究甚
至還可再區分開合、洪細、唇音、舌尖音、清濁等等，這些也都屬
於「聲調」的範圍，故李東陽提到：「聲調有輕重清濁長短高下緩急
之異」，而於此情況下，他更進一步指出由這種「聲調」的變化便可
得知每一個朝代之風格，，其他人只要仔細聆聽不須看作品也就能
分辨所屬時代了，故曰：「聽之者不問而知其爲吳爲越也。」然而，
無論由「聲調」判定個人抑或時代風格，此皆透露了李東陽認爲詩
人只要在作詩時，只要依照自己當下感情發出來的「聲音」，並了解
平仄聲中的變化，此即是作詩方法，換句話說，他表示作詩並沒有
什麼方法，只要掌握情感與聲音的關係便能作詩，故他提到：「觀《樂

〔註89〕〔明〕李東陽撰，《麓堂詩話》，收入丁福保輯，《歷代詩話續編》（下），
　　　　頁1390。
〔註90〕〔明〕李東陽撰，《麓堂詩話》，收入丁福保輯，《歷代詩話續編》（下），
　　　　頁1375。
〔註91〕〔明〕李東陽撰，《麓堂詩話》，收入丁福保輯，《歷代詩話續編》（下），
　　　　頁1379。

記》論樂聲處，便識得詩法。」〔註92〕所以他一再強調「律」是指前人所遺留下來的「格律」，它無法讓作品表現出作者技藝精妙之處，唯有詩人自內心所發出情感之「聲音」才能使整個死板「格律」顯露出靈活、高妙，此也正是需由詩人自己親自去體會，而無法經由他人指導，故曰：「敬非心領神會，自有所得，雖日提耳而教之無益也。」

此，他便認爲無論是「詩法」抑或「聲調」，這些都屬於作者個人體會而無法教授。由此看來，李東陽眼中的「律」是不同於「調」，前者係就詩歌制定下來的格律——「死法」；後者則是作者依自己情性在「死法」中改變的「活法」。〔註93〕所以於此情況下，李東陽特別讚賞杜甫「長篇」，認爲他能在格律限制下，表現出自己的性格：

> 長篇中須有節奏，有操，有縱，有正，有變。若平鋪穩布，
> 雖多無益。唐詩類有委曲可喜之處，惟杜子美頓挫起伏，
> 變化不測，可駭可愕，蓋其音響與格律正相稱。〔註94〕

所謂「長篇」是指杜甫的古詩或排律。李東陽認爲他在詩歌的「聲調」、「節奏」上把握著「操」、「縱」、「正」與「變」。「操」是指緊湊、明朗有力的聲調；「縱」爲舒徐、平和的聲調；「正」和「變」則係符合一般格律形式與否，而杜甫之〈奉贈韋左丞丈二十二韻〉後八句便清楚展示其變化。〔註95〕因此在李東陽看來，詩歌必須讓人感受作者情

〔註92〕〔明〕李東陽撰，《麓堂詩話》，收入丁福保輯，《歷代詩話續編》（下），頁1372。

〔註93〕所謂「活法」，本有兩層涵義的區分，一是紙上的活法、一是胸中的活法；一是有異於文之法一是無意於文之法。前者意指創作時，不可拘泥執著於文字與章法的固定性，應使其規矩備具，而又能出於規矩之外，雖變化不測而又能不背於規矩。龔鵬程著，〈中國文評術語偶釋·活法〉，收入《文學批評的視野》（台北：大安出版社，1990年1月），頁444～446。

〔註94〕〔明〕李東陽撰，《麓堂詩話》，收入丁福保輯，《歷代詩話續編》（下），頁1373。

〔註95〕可見連文萍，《明代茶陵派詩論研究》（台北：私立東吳大學中文研究所碩士論文，1989年5月），頁113～117。

感抑揚頓挫、變化多端之感，讀者才能了解作者的情緒變化以達到契合，若「聲調」只是平鋪、沒有起伏，讀者就不容易爲其所動，也就無法達到作者「抒情」目的。也由於杜甫能從詩歌「死法」，即格律中表現出自己的「活法」，即「操」、「縱」、「變」、「頓挫起伏」等，故唐代詩人中李東陽最推崇杜甫的古詩或排律。自這些論述看來，李東陽相當注重詩歌中的「聲調」，他甚至提出詩歌若沒有「音韻」也就是「聲調」搭配，就僅僅爲堆砌字句、講究對偶的文字罷了，故曰：「後世詩與樂判而爲二，雖有格律，而無音韻，是不過爲排偶之文而已。」〔註96〕

準此，面對著那些詩歌外在格律限制，作者只要依自己情緒變化所表現出來之「聲調」，讀者便能融入詩人心境感受他的心情變化，我們可以張繼的〈楓橋夜泊〉與李商隱〈夜雨寄北〉爲例：

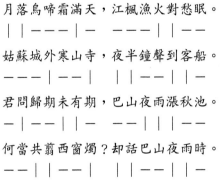

月落烏啼霜滿天，江楓漁火對愁眠。
｜｜－－－｜　－　　－｜｜｜－

姑蘇城外寒山寺，夜半鐘聲到客船。
－－－｜－－｜　｜｜－－｜｜－

君問歸期未有期，巴山夜雨漲秋池。
－｜－－｜｜－　－－｜｜｜－－

何當共翦西窗燭？却話巴山夜雨時。
－－｜｜－－｜　｜｜－－｜｜－

首先是〈楓橋夜泊〉。前兩句作者先藉由他在秋夜之時於江邊所見外在景物：「月落」、「烏啼」、「霜滿天」、「江楓」、「漁火」勾勒出一幅蕭瑟、淒涼的畫面，加上船中那一夜未眠的客人——即是張繼，此心境就更顯得孤寂、憂愁，其目的就是要表達自己在旅途中那種思鄉之情，因此在這些景色、情緒影響下，前兩句的節奏是二、二、三，後兩句則寫靜夜中忽然聽到遠處傳來的鐘聲，此不但襯托出了夜的靜

〔註96〕〔明〕李東陽撰，《麓堂詩話》，收入丁福保輯，《歷代詩話續編》（下），頁1369。

謐、深沉，使詩人輾轉難眠外，更顯露其內心深刻之愁緒，故後兩句節奏轉爲四、三；至於〈夜雨寄北〉，開頭兩句作者採一問一答方式，先描寫作者於巴山淅瀝夜雨聲中，朋友詢問他回來相聚的日期，但他知道自己歸期沒有確定，顯露出自己客居異地的孤寂情懷與對朋友深摯眞切思念，其心情是鬱悶、孤寂的，所以前兩句節奏是四、三；後兩句則話鋒一轉想像若他日能與朋友重逢，將與之促膝長談當時「巴山夜雨」他那孤獨的心情，此雖是想像，但卻寫出作者與朋友再見的歡樂，來排解、消除當下作者客居異地的孤寂與思念朋友之苦，使全詩後半產生深長的情韻，因此，後兩句節奏則一氣呵成、七字連讀。

由上可見，雖然兩首詩歌外在平仄格律固定，但隨著作者心情的變化，其「聲調」也隨之不同。另外必須指出，我們之所以了解這兩首詩的「聲調」，主要原因在於作者發抒的「情緒」和其「聲音」是有其關係的，即「聲情合一」、「聲隨情轉」。如朱光潛曾談到「語言節奏」問題，他認爲詩歌有純形式和語言節奏兩種，並提到語言節奏是三種影響合成：（1）發音器官的構造；（2）理解的影響；（3）情感的影響，故語言節奏全是自然的，沒有外來形式支配它，加上詩歌有文字意義，我們可以從文字意義託出一個具體的情境來。因此，詩歌表現的情緒是有對象、具體、有意義內容的，而我們讀詩常設身處地、體物入微，分享詩人或詩中主角所表現的情緒，這種具體情緒的傳染浸潤，得力於純粹的聲音節奏者少，於文字意義者多。詩與音樂雖同產生情緒，而所生的情緒性質不同，一是具體的，一是抽象的。〔註97〕

因此，我們不斷強調「情緒」與「聲音」的關係，也就是「眞詩」所訴求之內容。故〈樂記〉提到：

> 其哀心感者，其聲噍以殺；其樂心感者，其聲嘽以緩；其
> 喜心感者，其聲發以散；其怒心感者，其聲粗以厲；其敬

〔註97〕詳細可見朱光潛論「語言節奏」與「音樂節奏」差異。朱光潛著，《詩論》（台北：正中書局，2002 年 12 月），頁 135～136。另外關於節奏的性質、諧與拗、與情緒關係等問題，可見同書第六章。

心感者，其聲直以廉；其愛心感者，其聲和以柔。六者非性也，感於物而後動。〔註98〕

這裡「六者」所指的是「哀」、「樂」、「喜」、「怒」、「敬」、「愛」等，其中「非性」特別說明了此「六者」不是「性」所本具，而係因爲外在客觀環境、景物改變使人所產生的「情感」，此符合我們上文所言，「情感」發生必須經由外在事物讓人之「性」動，故曰：「感於物而後動」。當人「感物」後發生「哀」、「樂」、「喜」、「怒」、「敬」、「愛」等「情感」，此便是他對外界事物所產生的一種內心反應、狀態，並且通過「聲音」表達之，即心中產生悲哀的感情，聲音就急促而低沉；心裡產生快樂的感情，發出聲音則振奮而奔放；心裡憤怒，發出聲音就粗獷而激越；心裡產生崇敬的情感，則發出莊重而正直聲音；心裡產生愛戀的情感，則發出聲音就和順而溫柔，據此，聽者便能了解其當下情緒。

　　因此，在格律限制下「文人學子」是可以作出「眞詩」的，但首要條件即他們必須對自己生活週遭環境、事物有所體會，當然不僅僅爲「政事」而已，之後再依照自己內心情緒變化表現於詩歌上，如前文舉張繼、李商隱之例，雖然呈現出來的只有文字，但讀者卻能從作者字裡行間去推敲他的心情，甚至其詩歌「節奏」，此即是「聲情合一」、「聲隨情轉」，而這也便是王叔武等人不斷強調的「眞詩在民間」，即去學習民間詩歌之「精神態度」。

第五節　小　結

　　綜合上述，王叔武等人之所以同樣提出「眞詩在民間」觀念，主要是針對「文人學子」寫作詩歌時沒有「情感」而發，所以皆認爲具有「情感」、「聲音」的眞詩在「民間」；至於其所說的「民間」則是相對於「文壇的士」，故「民間」除指社會階層概念——「庶民」外，

〔註98〕〔漢〕鄭玄注・〔唐〕孔穎達疏，《十三經注疏・禮記正義・樂記》（中）（北京：北京大學出版社，1999年12月），卷37，頁1075～1076。

其也指涉其所生活的「空間概念」。雖然他們對「眞詩」的特質、觀念持相同看法，但所面對之文學環境、批評對象有所相異：王叔武是有感於全部「文人學子」沒有「寫作動機」而作詩，因此面對那些「韻言」種種格律作出來的詩歌，反而失去其「本質」；李開先與袁宏道兄弟則是由於復古派提出詩歌學習「典範」後，其末流卻將此當作「復古」途徑，而作出來的詩歌完全只是在「字字句句模擬」、「勦襲」、「雕琢字句」等技法層面上，根本毫無作者感情於其中。由此看來，「眞詩在民間」觀念的提出便是解決這樣之問題，故周玉波曾說：「明代詩學之所以關注『民間眞詩』，是緣於詩歌文人化以後，確實出現了『貧血』的跡象，因而極須尋找救治的良藥。」〔註99〕而陳文新也指出：「明代『眞詩在民間』的理論雖前提不同，但其鋒芒所向卻集中在一點，即：薦紳士大夫所創作的『詩文』假面目多，眞性情少。」〔註100〕

　　準此，在其共同點上──作詩沒有「寫作動機」方面，他們也提出了其原因與解決方式，王叔武等人認爲「文人學子」沒有「寫作動機」之原因，主要是由於「比興寡」，所謂「比興」即指作者對外界事物所產生「理性」或「感性」之「情感」，換句話說，即是作者之「性」必得經由自己生活週遭、外在環境變化等事物引發「情」，再以所見、所聞之事物引發的情緒寫成詩歌，並從中透露出自己的「聲音」讓讀者、聽者明瞭，如此便如袁宏道所言：「情至之語，自能感人，是爲眞詩」，而不是「爲文造情」，故在這基礎上，李開先提到：「詩在意趣聲調，不在字句多寡短長也。向出使日，情與景會，偶誦其所記者而已。」可見就「寫作動機」部分，王叔武等人並無不同，都是作者必須面對外在世界之變化，讓景物與作者心中情感達到「情景交融」，產生「寫作動機」後，作者就能在「韻言」的限制下作出

〔註99〕周玉波著，《明代民歌研究》（南京：鳳凰出版社，2005 年 8 月），頁47。

〔註100〕陳文新著，《明代詩學的邏輯進程與主要理論問題》（武漢：武漢大學出版社，2007 年 8 月），頁 133。

「眞詩」，故我們看到李東陽、李開先都特別注重詩歌「聲調」問題，因「眞詩」除了「情感」外，「聲調」也是其中重要的一環，它可以讓人了解時代、個人風格。當然，此意並非王叔武等人要「文人學子」放棄「韻言」去作民歌、民謠，而是希望他們學習民間作詩歌的「精神態度」。準此，就劉若愚對中國文學的總體情境來看，我們便可說「眞詩在民間」觀念之提出所注重的是宇宙與作者雙向關係，此即爲「寫作動機」，因爲沒有了「寫作動機」，「情感」與「聲調」都將無法產生而作出「眞詩」。

另外，我們也發現他們提出「眞詩在民間」觀念後，對眞詩「運用」與其目的是有相異之處：王叔武希望「文人學子」能學習民間詩歌的「精神態度」，作出具有感情且又能感人的「眞詩」，而非拼湊文字、爲文造情，故曰：「眞者，音之發而情之原也」；李開先則是由於重視俗文學而提倡；至於袁宏道兄弟所注重的爲作者「眞實情感」之抒發，反對儒家提倡那種樂而不淫、哀而不傷的情感壓抑。此外，我們也談及類似「眞詩在民間」觀念明初就已注意到，只是由於往往受到儒學影響，將詩歌之「自體功能」轉爲「衍外效用」，即「用」於「政治」、「教化」方面。準此，可以察覺「眞詩」創作眞正由公共生活領域情懷（政治），轉移到表現不受禮義拘束的私生活領域情懷（民間），是始自於李開先、袁宏道兄弟二人。

第三章　何以有「眞我」、「性靈」之詩亦可稱爲「眞詩」

　　上一章談到王叔武等人提出「眞詩在民間」的觀念，主要是由於他們所對治的情況爲「文人學子」作僞詩。而民間詩歌之所以爲「眞詩」，是因爲當百姓面對外在客觀景物、環境變化時，他們心中便自然有所感觸並產生情緒，接著就藉由「聲音」表達自己的感受，使人可從聲音了解其情緒，此正如袁中道所言：「夫人心有感於中，而發於外。喜則其聲愉，哀則其聲悽。」這就是王叔武等人所謂之民間詩歌，而它們是最自然、完全沒有任何造作，故王叔武才說：「夫詩者，天地自然之音也。」

　　準此，由於「文人學子」作詩時沒有「緣事而發」、「感物而動」，所以當他們以前人作品當作典範進行詩歌寫作時就僅能在用字、對偶等技巧上下工夫，除此之外，還甚至利用詩歌來應酬，故「眞詩在民間」提出之目的，就是希望「文人學子」能學習民間詩歌的精神及講求詩歌本質──「抒情」，故此觀念所重視的是「寫作動機」之產生，即所謂「興」或歸莊所言的「興會」。不過，我們發現除了王叔武等人的「眞詩在民間」觀念外，有人則從別的角度去談「眞詩」，如王世貞提到：「有眞我而後有眞詩。」江盈科引袁宏道的話：「要以出自

性靈者爲眞詩爾」等等。然則何以有「眞我」、「性靈」亦可算「眞詩」？
其與「眞詩」關係如何？兩者又與「眞詩在民間」觀念之差異何在？

第一節　王世貞至明晚期所謂「性情」、「眞我」、「性靈」之義涵

　　既然王世貞、袁宏道表示詩歌中有「眞我」、「性靈」才可以稱爲
「眞詩」，那麼在他們觀念裡沒有「眞我」、「性靈」就是「僞詩」，然
則「眞我」、「性靈」所指爲何？其又與「性情」差異何在？因此討論
「眞我」、「性靈」與「眞詩」關係前，得先了解他們所言「眞我」、「性
靈」之意爲何？且與「性情」差異？透過這樣的探討才得以明白「眞
我」、「性靈」之義涵，且其與「眞詩」之關係。

一、「性情」、「性靈」、「眞我」之一般性概念

　　關於「眞我」、「性靈」與「性情」三者之義涵與關係爲何？我們
必先探究其一般性界義，才得以明白王世貞、袁宏道提出這些概念時
所指意義。

（一）性　情

　　關於「性情」，我們在第二章談及，其可以理解成以「性」爲加
詞而以「情」爲端詞之組合式合義複詞，也就是「性之情」；另外，
其亦可理解爲係由「性與情」所並列的聯合式合義複詞。而針對「性」，
我們可將之細分成「氣質之性」與「天地之性」或稱「義理之性」，
然而此兩者差別何在？關於此，張載曾提到：「形而後有氣質之性，
善反之則天地之性存焉。」〔註1〕此處張載指出所謂的「氣質之性」
是指人在氣聚而有形後所形成之性；至於「天地之性」則係指稟太虛
之氣而成，其本性也就是人與物的共同本性，是先天之本性，亦是善
的來源。不過，張載還特別指出「氣質之性」會由於人稟受陰陽二氣

〔註1〕〔宋〕張載，《張載集・正蒙・誠明》（台北：里仁書局，1979 年 12
　　　　月），頁 23。

的不同而產生特殊之本性，此也就是個性，如：剛柔、緩急等，故他
說：「人之剛柔、緩急、有才與不才，氣之偏也。」〔註2〕由此看來，
張載所謂的「天地之性」，其基本涵義是指一般人之本性，它源於與
天同原的太虛，是善而無偏的；至於「氣質之性」則指人稟受氣質所
形成的具體人性，但由於氣質有異，故「氣質之性」會有善惡之區別、
是有偏的，故須變化氣質以使之向善，而合於「天地之性」。〔註3〕

　　釐清「氣質之性」與「天地之性」之區別後，接著，便要進一步
分析「性與情」和「性之情」的差異，關於前者，其指的分別是人之
「個性」與「情緒」，其中「個性」便是指個人特有的氣質之性；至
於後者呢？第二章已經藉由荀子〈正名〉得知，他表示「性」係指人
類與生俱來的「本性」，此正是指人特有的氣質之性；而「情」是「性」
的內容，即他所言：「性之好惡喜怒哀樂謂之情。」另外，《禮記·禮
運》也談到：「何謂人情？喜、怒、哀、懼、愛、惡、欲，七者弗學
而能。」〔註4〕可見荀子、《禮記》所謂的「性」是人生稟而得，而「情」
則是「性」的發用所產生之動向，也就是「性」的實質內容，然而，
「性」要如何產生「好」、「惡」、「喜」、「怒」、「哀」、「樂」等「情」
之內容？〈樂記〉中有一段提到：

　　　夫民有血氣心知之性，而無哀樂喜怒之常，應感起物而動，
　　　然後心術形焉。〔註5〕

此處〈樂記〉指出人人都有氣質的「本性」，不過這「本性」卻還沒
有「哀樂喜怒」等「情」之變化，那麼「哀樂喜怒」之情是如何產
生的呢？也就是「性」經由外界客觀事物刺激，此即〈樂記〉所謂

〔註2〕〔宋〕張載，《張載集·正蒙·誠明》，頁23。
〔註3〕關於張載「氣質之性」、「天地之性」以及朱熹所言的「義理之性」，
　　　甚至如何變化「氣質」等詳細內容，可見牟宗三著，《心體與性體》
　　　（一）（台北：正中書局，1989年5月），頁487～529。亦可見其《才
　　　性與玄理》（台北：台灣學生書局，1989年10月），第一章。
〔註4〕〔漢〕鄭玄注·〔唐〕孔穎達疏，《十三經注疏·禮記正義·禮運》（中）
　　　（北京：北京大學出版社，1999年12月），卷22，頁689。
〔註5〕〔漢〕鄭玄注·〔唐〕孔穎達疏，《十三經注疏·禮記正義·樂記》（下），
　　　卷38，頁1104。

的「應感起物而動」，接著便產生了「哀樂喜怒」等「情」，便爲「心術形焉」。此處「術」本義係指「邑中道」〔註6〕，即是一區域內之街道、道路，故「心術」可以指「心之動向」，正是「哀樂喜怒」等「情」之產生。準此，所謂「性之情」意即「人之本性感物後所產生的情感」，也就是「性」之動必須以「感物」爲緣起條件才能產生「情」，故《論衡・本性》提到：「情，接於物而然者也，出形於外。」〔註7〕此也正如鍾嶸所言：「氣之動物，物之感人，故搖蕩性情，形諸舞詠。」

（二）性　靈

關於「性靈」，同樣可以理解爲「性與靈」的聯合式合義複詞，而「性」可指人之「氣質性」，那麼「靈」所指爲何？關於此，歷來有許多學者針對「靈」提出了不同看法，如：林語堂認爲「靈」是指一人之「靈魂」或「精神」〔註8〕、張健則指出其爲「心靈、靈魂，有時則指才與情，其中『靈』意爲靈巧、靈慧或靈妙，乃才之代字」〔註9〕、吳兆路提及：「性靈的『靈』字，其本來的意義即有神靈和靈魂之義，……如果從人物溝通、心靈感應這個意義上來概括人的創造性思維活動，則稱爲『靈感』又是恰到好處的」〔註10〕、葉軍等人則云：「『性靈』二字，其實是『性情』與『靈機』的概括性提法。……所謂『靈機』，就是指詩人應具有創作的靈感，並由此而創作出靈動巧妙的詩歌」〔註11〕、王夢鷗則解作「『靈』古代或說是『陰之精氣』，

〔註6〕〔漢〕許慎撰・〔清〕段玉裁注，《說文解字注・行部》（台北：洪葉文化，2000 年 9 月），頁 78。

〔註7〕〔漢〕王充著・韓復智註譯，《論衡今註今譯・本性》（上冊）（台北：國立編譯館，2005 年 4 月），卷 3，頁 368。

〔註8〕林語堂著，〈寫作的藝術〉，收入《語堂隨筆》（台北：志文出版社，1966 年），頁 78。

〔註9〕張健著，《清代詩話研究》（台北：五南圖書，1993 年 1 月），頁 265。

〔註10〕吳兆路著，《中國性靈文學思想研究》（台北：文津出版社，1995 年 1 月），頁 20。

〔註11〕葉軍・彭玉平・吳兆路・趙毅・雷恩海著，《中國詩學》（四）（上海：

其實與『神』同義。用於文學理論，至多可解作『神思』；譯爲今言，也只是『構想』〔註12〕……等等。由上我們可以察覺，針對「性靈」中的「靈」之說法眾說紛紜，然則，何者較符合「靈」的本義？因此面對這些說法，筆者先不採用，而係先直接探討「靈」之本義，如此才能理解「性與靈」中的「靈」所指爲何？

「靈」本身義涵大致可以分爲下列兩種：（1）「靈」可指涉人的精神或精神狀態，如《莊子·德充符》：「故不足以滑和，不可入於靈府。」〔註13〕成玄英注：「靈府者，精神之宅也，所謂心也。」〔註14〕所謂「府」本義係指儲藏文書的地方，《說文》：「府，文書藏也。」〔註15〕段玉裁注：「文書所藏之處曰府。」〔註16〕故「靈府」即意謂精神聚集之處，而這精神聚集之處就是指「心」。然而，「精神」又是什麼？其可指人之主觀心靈及其作用。若就心靈之體而言，則與血肉之體相對成義，這是通俗一般所理解的精神義；若就心靈之用而言，則指一切心意活動歷程，與生理作用相對爲義，這是心理學所認定的精神義，當然就主體之人而言，這兩者實有體用上之密切關係；另外，其亦可爲宇宙萬有形上實體之顯相，客觀地說，就是萬物（包括人在內）之質性，主觀地說，就是人與道契合之心靈。〔註17〕（2）其亦可指人明白、通曉之能力，如《莊子·天地》：「大愚者，終身不靈。」〔註18〕司馬彪

東方出版中心，1999 年 5 月），頁 369～370。

〔註12〕王夢鷗著，《文學概論》（台北：藝文印書館，2001 年 10 月），頁 247～248。

〔註13〕〔戰國〕莊子·錢穆著，《莊子纂箋·內篇·德充符》（台北：東大圖書，2003 年 11 月），頁 45。

〔註14〕〔戰國〕莊子·〔晉〕郭象注·〔唐〕成玄英疏〔唐〕陸德明釋文·〔清〕郭慶藩集釋，《莊子集釋·德充符》（台北：世界書局，1962 年 4 月），頁 97。

〔註15〕〔漢〕許慎撰·〔清〕段玉裁注，《說文解字注·广部》，頁 447。

〔註16〕〔漢〕許慎撰·〔清〕段玉裁注，《說文解字注·广部》，頁 447。

〔註17〕顏崑陽著，《莊子藝術精神析論》（台北：華正書局，1985 年 7 月），頁 77～87。

〔註18〕〔戰國〕莊子·錢穆著，《莊子纂箋·外篇·天地》，頁 103。

曰：「靈，曉也。」〔註19〕另外，成玄英疏：「靈，知也。」〔註20〕由上看來，「性與靈」當中「靈」可指人的精神、人之通曉事物的能力等。〔註21〕

　　此外，「性靈」也可理解成一個以「性」爲加詞而「靈」爲端詞的組合式合義複詞，此意即「性之靈」，不過此處「性」並非指人與生俱來之「本性」，而是泛稱所有萬物與生俱來的本質、本能，而此處「靈」則特別指人不同於其他萬物之聰明、通曉事理等靈性，如：《尙書・周書・泰誓上》：「惟天地萬物父母，惟人萬物之靈。」〔註22〕〈泰誓上〉指出，天地是所有萬物的父母，而當中就屬「人」最有靈性，然則人何以有靈性？且與其他萬物差異何在？對此，劉勰曾在〈原道〉提及：「仰觀吐曜，俯察含章，高卑定位，故兩儀既生矣。惟人參之，性靈所鍾，是謂三才。」〔註23〕他特別指出天、地、人並稱爲「三才」，可是當中卻只有人具有天性的智慧；另外他也於〈序志〉中談到：「夫宇宙綿邈，黎獻紛雜，拔萃出類，智術而已；歲月飄忽，性靈不居，騰聲飛實，制作而已。」〔註24〕此處「性靈」與「智術」上下相承，含

〔註19〕〔戰國〕莊子・〔西晉〕司馬彪注・茆泮林輯，《莊子注》（一）（台北：藝文印書館，1967 年），頁 40。

〔註20〕〔戰國〕莊子・〔晉〕郭象注・〔唐〕成玄英疏〔唐〕陸德明釋文・〔清〕郭慶藩集釋，《莊子集釋・天地》，頁 200。

〔註21〕「靈」雖可指通曉事物之能力，但此能力是「直覺」的，它是人人所具之本性，它具有「感性」的動能，而不同於數理科學之認知能力的抽象概念分析，它是能見、能聞、能覺、能知而空虛自在的「心體」，而非即所見、所聞、所覺、所知之萬象，卻又不離萬象而超越獨存，只是不在萬象上起是非、善惡等價值分別，也不牽動喜怒、愛憎之情緒慾念，故又可稱「靈覺」。可見顏崑陽：〈從應感、喻志、緣情、玄思、遊觀到興會——論中國古典詩歌所開顯「人與自然關係」的歷程及其模態〉（《輔仁國文學報》第 29 期，2009 年 10 月），頁 89～99。

〔註22〕〔漢〕孔安國傳・〔唐〕孔穎達疏，《十三經注疏本・尚書正義・周書・泰誓上》（上）（北京：北京大學出版社，1999 年 12 月），卷 11，頁 270。

〔註23〕〔梁〕劉勰・周振甫注，《文心雕龍注釋・原道》（台北：里仁書局，1998 年 9 月），頁 1。

〔註24〕〔梁〕劉勰・周振甫注，《文心雕龍注釋・序志》，頁 915。

義連貫，顯然「性靈」是指人之才智或秉性靈秀，由上看來，人之所以異於其他萬物，是因爲人具有智慧、才智。準此，「性靈」當「性之靈」使用時，其意即「所有萬物當中最有智慧、靈性者」，故我們可以察覺劉勰這裡所言「性靈」即指「性之靈」，而此亦可說明爲何〈泰誓上〉指出「惟人萬物之靈」原因。

（三）眞　我

有關「眞我」，其可理解成以「眞」爲加詞，而由「我」爲端詞之組合式合義複詞，故就其字面上之意義即指「眞實的我」，那麼於二元對立觀念之下，此也便預設了有所謂的「假我」，然則，「眞我」之意爲何？其與「假我」又係以什麼觀點去做區分的呢？對此，王文生提到「眞我」不是從道德的善惡、政治的是非、知識的多寡、行爲的正誤這些方面來說的，它指的是共性與個性相結合的人性中之個別性，簡言之，「眞我」即是個性化的自我。〔註25〕然而，我們先不採用其說，而係擬從「眞我」以及「眞」與「我」之意做一探討，故此處先分別探討「眞」、「我」各指何意。關於「眞」，《莊子‧秋水》提及：「謹守而勿失，是謂反其眞。」〔註26〕郭象注：「眞在性分之內。」〔註27〕成玄英疏：「反本還源，復於眞性者也。」〔註28〕故「眞」指的是自然之本性；至於「我」則係主體自稱，也可以說是「自我」，所以《說文》提到：「我，施身自謂也。」〔註29〕了解「眞」、「我」各自所含的意義之後，那麼合成「眞我」一詞其義爲何呢？前文我們已經談到，所謂「眞我」係指「眞實的我」，換句話說，「眞我」就是講求「自我主體之眞」，而「眞」便指的是人不造作之自然本性，即

〔註25〕王文生著，《中國美學史──情味論的歷史發展》（上卷）（上海：上海文藝出版社，2008 年 10 月），頁 272。
〔註26〕〔戰國〕莊子‧錢穆著，《莊子纂箋‧外篇‧秋水》，頁 136。
〔註27〕〔戰國〕莊子‧〔晉〕郭象注‧〔唐〕成玄英疏〔唐〕陸德明釋文‧〔清〕郭慶藩集釋，《莊子集釋‧秋水》，頁 261。
〔註28〕〔戰國〕莊子‧〔晉〕郭象注‧〔唐〕成玄英疏〔唐〕陸德明釋文‧〔清〕郭慶藩集釋，《莊子集釋‧秋水》，頁 261。
〔註29〕〔漢〕許慎撰‧〔清〕段玉裁注，《說文解字注‧我部》，頁 638。

生命情性之眞，〔註30〕如《莊子‧田子方》中提到：「其爲人也眞。」
〔註31〕郭象注：「眞，無假也。」〔註32〕故此意便係指東郭順子爲人
眞樸、不虛假。另外，關於「我」，勞思光曾將自我境界劃分爲四種：
（1）形軀我：以生理及心理欲求爲內容；（2）認知我：以知覺理解
及推理活動爲內容；（3）情意我：以生命力及生命感爲內容；（4）德
性我：以價值自覺爲內容。〔註33〕準此，「眞我」即意謂主體性情的
眞實，而不矯揉造作，一切順隨眞性而行，當中的「我」則係屬於「情
意我」。故「眞我」與「假我」之差異便係在於「情感眞實」與否。

二、王世貞與明晚期所言「眞我」、「性靈」、「性情」與詩歌關係爲何

理解「性情」、「性靈」與「眞我」三者一般性概念之後，接著要
探究的是，當王世貞、袁宏道以此三者討論詩歌時，其觀念所指爲何？
且三者差異何在？

（一）性　情

「性情」已由上文得知，其可爲「性與情」或「性之情」的合義
複詞，然則王世貞等人所言「性情」之意、觀念爲何呢？

1.「性之情」

王世貞曾於〈中憲大夫福建提刑副使少峯張公墓表〉中稱讚張
公：「作詩繇性情，發能爲唐人調。」〔註34〕從「作詩繇性情」這段

〔註30〕除生命情性之眞外，「眞」之義涵還有其他六種：（1）形上實體或原
理之眞；（2）萬有生命形象之眞；（3）形式理則之眞；（4）實驗證
明之眞；（5）價值規範之眞；（6）發生事實之眞。關於以上七種，
可詳見顏崑陽著，《莊子藝術精神析論》，頁97～98。

〔註31〕〔戰國〕莊子‧錢穆著，《莊子纂箋‧外篇‧田子方》，頁166。

〔註32〕〔戰國〕莊子‧〔晉〕郭象注‧〔唐〕成玄英疏〔唐〕陸德明釋文‧〔清〕
郭慶藩集釋，《莊子集釋‧田子方》，頁306。

〔註33〕勞思光著，《新編中國哲學史》（一）（台北：三民書局，1991年1月），
頁148～149。

〔註34〕〔明〕王世貞著，《弇州山人續稿‧中憲大夫福建提刑副使少峯張公
墓表》，收入《景印文淵閣四庫全書》（第1283冊）（台北：台灣商

文字中我們可以發現，王世貞認爲張公所作詩歌皆是因爲心中感於物後而產生了情感，並且據此發而爲詩，故此處的「性情」所指爲「性之情」，至於「調」是什麼呢？上文談及侯雅文將「調」分爲兩類：一是由時代或地域爲決定性因素，所形成互別的群體調式；第二種係指人因性情或個殊的稟賦，表現在行爲舉止上，所呈現出來的風姿、氣度。另外，關於後者我們可再細分爲三義：一爲「才調」，即由「主體才氣性情」所成之風貌；二爲「意調」，即由詩之「情志」所成之風貌；三爲「聲調」，即由詩之「詩聲」所成之風貌，但是這三者在實際作品並不能分割，而僅就論述上有所側重而已，探究三者的關聯性，則「聲調」與「意調」之根源皆來自「主體才氣性情」。〔註35〕準此，王世貞此處的「調」不僅指時代，其還兼指了「聲調」與「意調」，也就是說，張公表現出來之詩歌含有唐詩的風格。

　　另外，袁宏道〈和者樂之所由生〉云：「詩者，因人情之所欲鳴，而自爲抑揚，和之達於口者也。」〔註36〕這裡袁宏道雖未直言「性情」，但當中卻隱含了「性之情」的義涵。此處「人情」即指人之喜怒哀樂等情感，而「抑揚」則係聲音的高低起伏，此表示了詩歌是「人情」已經感物而動後並且發爲聲所產生，故在這種情況下，聲音是隨著情緒變化而有所不同，正如上文袁中道所談的：「夫人心有感於中，而發於外。喜則其聲愉，哀則其聲悽。」不過，袁宏道卻提到表現出來的情緒要「和」，關於「和」，顏崑陽曾提到「和」與「藝術」有關者，大致有四種：（1）諧調，就是多樣異質或殊態的物事，被統一於一定的規律之下；（2）適中，就是不偏向極端，宇宙萬事萬物，常呈現陰陽、剛柔、明暗、高低、大小等兩極之相，而「和」就是適得其中，

務印書館，1983 年），卷 125，頁 743。
〔註35〕余欣娟撰，《明代「詩以聲爲用」觀念研究》（花蓮：國立東華大學中文研究所博士論文，2009 年 7 月），頁 140。
〔註36〕〔明〕袁宏道著・錢伯城箋校，〈和者樂之所由生〉，收入《袁宏道集箋校》（下）（上海：上海古籍出版社，2008 年 4 月），卷 53，頁 1524～1525。

不偏於任何一極；（3）融合：即是多樣異質或殊態的物事，各自消融本身的性質或形態，彼此化合爲一，而產生另一全新的物事；（4）平順，相對便是乖戾不平，乃描述人的一種心靈狀態，指對立觀念的消解，而達到平靜祥和之心境。〔註37〕然而袁宏道所謂的「和」是指什麼呢？他提到：「夫和非他也，喜怒哀樂之中節者也。」〔註38〕袁宏道認爲人因感物而動後產生各式各樣的情緒變化，即喜怒哀樂，若其表現出來之情緒不違背情理、適時適度，這樣便是達到了「和」之境界，此猶如《禮記・中庸》所言：「喜怒哀樂之未發謂之中，發而皆中節謂之和。」〔註39〕由此可見，袁宏道認爲的「和」即指情感要「適中」，也就是適得其中、恰到好處，故他云：「喜不溢，怒不遷，樂不淫，哀不傷，和之道也。」〔註40〕

另一位公安派成員江盈科也提到：「蓋凡爲詩者，或因事，或緣情，或詠物寫景。」〔註41〕他認爲詩歌的形成應該都有個「寫作動機」，

〔註37〕 顏崑陽著，《莊子藝術精神析論》，頁 127～128。另外，侯雅文曾廣泛地詮析「和」之觀念所具有的各種意義，認爲「和」的意涵可概括爲兩種：其一指二種以上異質性的實體之間，或同一實體所涵有二種以上異質性要素、異質性樣態之間，基於「結構性的秩序」，辯證地形成「均衡」的狀態；其二指二種以上異質性的實體之間，或同一實體所涵有二種以上異質性要素、異質性樣態之間，基於「歷程性的消長」，辯證地形成「規律」的狀態。不僅如此，她還更針對此兩種意涵，分析出其可因異質性實體、要素、樣態之間數量及關係，再區分出「多元分立調和」之「和」與「二元對立調和」之「和」。其中，關於「對立」她又分爲四種：（1）「缺乏的對立」；（2）「倫序的對立」；（3）「相對的對立」；（4）「有限與無限的對立」。有關以上詳細內容可見侯雅文著，《李夢陽的詩學與和同文化思想》（台北：大安出版社，2009 年 9 月），頁 59～69。

〔註38〕 〔明〕袁宏道著・錢伯城箋校，〈和者樂之所由生〉，收入《袁宏道集箋校》（下），卷 53，頁 1524。

〔註39〕 〔漢〕鄭玄注・〔唐〕孔穎達疏，《十三經注疏・禮記正義・中庸》（下），卷 52，頁 1422。

〔註40〕 〔明〕袁宏道著・錢伯城箋校，〈和者樂之所由生〉，收入《袁宏道集箋校》（下），卷 53，頁 1524。

〔註41〕 〔明〕江盈科著・黃仁生輯校，《雪濤詩評・求眞》，收入《江盈科集》（湖南：岳麓書社，1997 年 4 月），頁 799。

而此「動機」即爲「因事」、「緣情」甚至「詠物寫景」等，當中「情」所指即爲「性之情」。這三者都是引發作者內在情感發生之外在原因，也就是所謂的「感物起情」、「緣事而發」，儘管這三者「寫作動機」有所不同，但此皆顯示出詩人作詩目的只有一個－「抒情」。

2.「性與情」

另外，「性情」指「性與情」時所言即是抒寫作者「個性」與「情緒」。如袁宏道〈敘曾太史集〉提及：

> 余與退如所同者眞而已。其爲詩異甘苦，其直寫性情則一；其爲文異雅樸，其不爲浮詞濫語則一。〔註42〕

此處「退如」指的即爲「曾太史」，也就是「曾退如」。袁宏道提到他與退如的詩歌雖然情感內容上有所不同，但卻都是「直寫性情」，此處「性情」就是指作者之「個性」與「情緒」；至於在文章方面，文字內容雖然雅俗不同，可是相同處則在於不作虛飾浮誇的言詞，即「不爲浮詞濫語」，因此袁宏道才說：「余與退如所同者眞而已」。但何謂「眞」？即是他所言與退如共同之處——「直寫性情」與「不爲浮詞濫語」，這兩者明顯指出作者先有了眞實感情，然後發而爲詩、文，所以無論在感情抑或文字方面，都沒有矯飾作假、無病呻吟。

江盈科則從詩歌抒情的角度認爲，只要作者是發自於內心所作的詩歌，不僅可以成爲「眞詩」，更可以從詩歌表現出來的風格了解作者個性。〔註43〕故他說：「詩本性情。若係眞詩，則一讀其詩，而其人性情，入眼便見。」〔註44〕此處「性情」即指「性與情」。

〔註42〕〔明〕袁宏道著・錢伯城箋校，《瀟碧堂集・敘曾太史集》，收入《袁宏道集箋校》（中），卷35，頁1106。
〔註43〕作品表現出來的風格與作者個性關係，江盈科提到：「其詩瀟灑者，其人必爰快。其詩莊重者，其人必敦厚。其詩飄逸者，其人必風流。其詩流麗者，其人必疏爽。其詩枯瘠者，其人必寒澀。其詩豐腴者，其人必華贍。其詩淒怨者，其人必拂鬱。其詩悲壯者，其人必磊落。其詩不羈者，其人必豪宕。其詩峻潔者，其人必清修。其詩森整者，其人必謹嚴。」〔明〕江盈科著・黃仁生輯校，《雪濤詩評・詩品》，收入《江盈科集》，頁806。
〔註44〕〔明〕江盈科著・黃仁生輯校，《雪濤詩評・詩品》，收入《江盈科

　　準此，雖然王世貞等人皆談「性情」，可是當他們在談論時，往往可能指「性與情」或「性之情」，即使如此，但可以發現他們都指出了詩歌與作者情感的關係，也就是說，他們認定詩歌是以「抒情」爲本，故必定爲作者「感物而動」、「緣事而發」後所產生，否則便不能算是詩歌，此外我們還可以發現，當王世貞等人談到「性情」時，當中「性」往往是指「氣質之性」。

（二）性　靈

　　「性靈」透過上文已經得知，其可以指涉「性與靈」或「性之靈」，然而，袁宏道所言「性靈」係指何者？其義又是爲何？對此，歷來有學者曾對「性靈」之義涵提出不同看法：周質平說：「到了晚明，說到『性靈』，其實也就是『性情』的意思」〔註45〕、黃保眞等人提到：「性情、見識、趣味、韻致、靈感，都可以包括在『胸臆』之中，因而也都是『性靈』的涵義。『性靈』就是作家的精神，但是：第一，必須是作家自己的眞精神；第二，這種精神同傳統思想、世俗觀念無與；第三，這種精神具有審美屬性」〔註46〕、鐘林斌則認爲：「中郎使用『性靈』一詞，而沒有使用『情感』或『性情』，就在於這一詞介於『性情』與『靈感』之間，既具有情感的一般性，又具有情感達到詩化階段所呈現一觸即發的『靈感』態勢」〔註47〕、劉大杰指出：「『性靈』便是今人所說的情感和情趣」〔註48〕、辛剛國則認爲：「將『性靈』解釋爲胸臆、性情，泛指一個人的喜怒哀樂，嗜好情欲」〔註49〕等等，針對

　　　集》（下），頁 806。
〔註45〕周質平著,《公安派的文學批評及其發展——兼論袁宏道的生平及其風格》（台北：台灣商務印書館，1986 年 5 月），頁 21。
〔註46〕黃保眞・成復旺・蔡鍾翔著,《中國文學理論史・明代時期》（台北：洪葉文化，1994 年 5 月），頁 299。
〔註47〕鐘林斌著,《公安派研究》（瀋陽：遼寧大學出版社，2002 年 1 月），頁 56。
〔註48〕劉大杰著,〈袁中郎的詩文觀——中郎全集序〉，收入《晚明文學思潮研究》（武漢：湖北教育出版社，2002 年 10 月），頁 103。
〔註49〕辛剛國,〈性靈說與創作主體論〉（《江西社會科學》第 1 期，2003 年），頁 58。

這些種種說法可以發現「性靈」之義涵是相當複雜，不過筆者先不對其所論是否正確作出評價或採用，而是擬從袁宏道所言「性靈」出發作一討論，如此才能了解其所指爲何？並指出其所言爲「性與靈」抑或「性之靈」。

　　袁宏道曾在〈敘小修詩〉裡說弟弟袁中道所作詩歌、文章：

　　　　大都獨抒性靈，不拘格套，非從自己胸臆流出，不肯下筆。
　　　　有時情與境會，頃刻千言，如水東注，令人奪魄。其間有
　　　　佳處，亦有疵處，佳處自不必言，即疵處亦多本色獨造語。
　　　　然予則極喜其疵處，而所謂佳者，尚不能不以粉飾蹈襲爲
　　　　恨，以爲未能盡脫近代文人氣習故也。〔註50〕

此處袁宏道認爲袁中道詩文之所以「獨抒性靈，不拘格套」，主要是由於他在創作時能把握一個原則──「非從自己胸臆流出，不肯下筆」，所謂「胸臆」係指內心之想法、情感，此即表示袁中道在創作時並不會無病呻吟，而是因爲基於內心已經有所感動後，便藉由詩文來抒發其情感、想法，這就是所謂的「感物起情」、「緣事而發」之「寫作動機」，故袁宏道稱讚其詩文「獨抒性靈，不拘格套」，當中「獨抒性靈」是就其表現而言，即袁宏道認爲袁中道發抒個人的眞實情感，不無病呻吟；「不拘格套」則係指其形式，即袁中道發揮文學寫作的自由精神，不拘泥格律，這裡是專就詩歌的對仗、平仄等格律而言，此係針對那些模擬、剽竊之人而發，留待下文處理。接著，他提到袁中道創作過程「有時情與境會，頃刻千言，如水東注，令人奪魄。」所謂「情」指的是喜怒哀樂等情感；至於「境」所指爲外在的環境、景物，此意即是說一旦袁中道心中被引發的情感與當下外在環境交融、會合時，也即所謂的「情景交融」，那麼此刻則能下筆千言，讓人驚心動魄，但這卻不是經常發生的一種狀況，故曰：「有時」。

　　不過，在這創作過程中，袁宏道也指出了袁中道詩文的「佳處」

────────────────

〔註50〕〔明〕袁宏道著・錢伯城箋校，《錦帆集・敘小修詩》，收入《袁宏
　　　道集箋校》（上），卷4，頁187～188。

與「疵處」，所謂「佳處」是指袁中道寫作詩歌時未能盡脫「近代文
人氣習」，即還留有復古派「粉飾」和「蹈襲」之風氣、痕跡，但袁
宏道卻對這所謂「佳處」並不讚賞，反倒喜歡其「疵處」，然而「疵
處」所指爲何？又袁宏道何以欣賞？他認爲袁中道「疵處」正在於
「多本色獨造語」，所謂「本色」原係指各行各業依規定所應穿著的
服裝、顏色、式樣，但由於宋代面臨文體難以分辨，即所謂「詩詞
辨體」〔註51〕之問題，因此，宋人便將「本色」一詞轉用到了文學
批評術語上，其意所指爲每一個文類依其性質、功能而應該有的標
準體式，〔註52〕另外，於「本色」之基礎上，其亦可據以劃分作家
及時代，故宋代又有所謂的「辨家數」，而當中又有「正變」之分，
也就是風格的劃分與價值判斷。後來的元明無論在戲曲或詩歌方
面，也都普遍使用「本色」這個觀念。〔註53〕除此之外，明代唐順
之也談及「本色」，他認爲文學是心的流露、天機的顯現，本色的作
品必然具有獨特的見解，不依附於他人，人品的高下決定作品的成
敗，作者必須學識精深，注重道德修養，作者的修養主要是洗盡欲
根，克制感情，保持天機的活潑靈動，而當作者在寫作詩文時應直
抒胸臆，保持清新自然的風格，反對矯揉造作、雕琢僞飾。〔註54〕

〔註51〕「辨體」是一種文體別異的觀念，主要在區別各種不同文體所宜有
　　　　的體製與體式，它側重的是各種文類在語言形構特徵（體製）與整
　　　　體藝術形相（體式）上的差異。見顏崑陽，〈論宋代「以詩爲詞」現
　　　　象及其在中國文學史論上的意義〉（《東華人文學報》第 2 期，2000
　　　　年 7 月），頁 46。

〔註52〕「體式」是指某一文類先於個別作品之規格化的「基模性形構」，義
　　　　近於「體製」，不過它比「體製」更強調其範形性、規格性。見顏崑
　　　　陽，〈論「文體」與「文類」的涵意及其關係〉（《清華中文學報》第
　　　　1 期，2007 年 9 月），頁 30。

〔註53〕關於「本色」觀念內容演變、所謂「家數」、「正變」，可見龔鵬程著，
　　　　《詩史本色與妙悟》（台北：台灣學生書局，1986 年 4 月），頁 93～
　　　　136。另外，也可參見其著作，〈中國文評術語偶釋・本色〉、〈中國
　　　　文評術語偶釋・正變〉，收入《文學批評的視野》（台北：大安出版
　　　　社，1990 年 1 月），頁 439～441、頁 454～457。

〔註54〕唐順之之前，如何良俊、徐渭、王慎中、歸有光也都論及「本色」，

　　了解「本色」之意與其發展後，然則，袁宏道所言「本色」是指何者呢？上文我們談到袁宏道認爲袁中道所作詩文，其內容皆是抒發自己內心之情感、想法，並且還據此指出他的「佳處」和「疵處」，可見袁宏道是就袁中道詩文所表現出來之內容形式，來判斷出其「佳處」和「疵處」，如「佳處」便係就其詩文形式而言，因此，袁宏道所說的「疵處」──「多本色獨造語」，即是就其詩文內容而言，也就是說，雖然袁中道詩文形式上還留有復古派「粉飾」和「蹈襲」之痕跡，但整體來說，他所表現出來的情感內容卻是直據胸臆、自然流露，且又有獨創之語，故袁宏道此處所謂的「本色」即指作者真正的面目，難怪他說袁中道詩文「獨抒性靈，不拘格套」。

　　準此，藉由袁宏道評論袁中道的詩文來看，可以大致了解其「性靈」所指之義：「性靈」是個殊的、內在的，故「性靈」所指爲「性與靈」，即個人的性與精神或通曉事物之直覺能力，而其發用所表現出來的爲「情」，接著，當作者以詩歌抒發其情感時，他是以個人自我來進行創作，因此「不拘格套」、「頃刻千言，如水東注」就顯示出作者主觀能動性而不受外在形式所束縛，完全是出自我個體感情之抒發，故在這種情況之下有時雖會產生缺點，不過這缺點卻是作者最質樸自然、不加矯飾的本來面目。

　　此外，江盈科將「性靈」之涵義更進一步的充實，他於〈敝篋集引〉中先引袁宏道的話云：「要以出自性靈者爲真詩爾。」之後接著說：

　　　夫性靈竅於心，寓於境。境所偶觸，心能攝之；心所欲吐，
　　　腕能運之。〔註55〕

此處江盈科指出「性靈」是承載於心、寄託於「境」的，所謂「境」

不過真正將此作爲一個完整的理論提出者是唐順之，可見黃毅著，《明代唐宋派研究》（上海：上海古籍出版社，2008年3月），頁86～94。

〔註55〕〔明〕江盈科著·黃仁生輯校，《雪濤閣集·敝篋集引》，收入《江盈科集》（上），卷8，頁398。

係指外在客觀環境或景物。既然「性靈」是承載於心，那麼即表示「性靈」是藉由主體——「心」而產生，然則，前提「心」也必須要有所感動，「性靈」才得以發用，故劉勰提過：「春秋代序，陰陽慘舒，物色之動，心亦搖焉」、「一葉且或迎意，蟲聲有足引心」〔註56〕等，不管是季節的變化、外在環境之改變，甚至連蟲的叫聲，皆爲引發人心感動的外在因素，接著「心」便會對這些外界客觀事物產生情感、意念等，並將此寄託於「境」中，這裡可以說是所謂的「心物感應」，也就是江盈科所說的：「境所偶觸，心能攝之」，不過此處尚屬於心理層。而「心所欲吐，腕能運之」便是進行到創作的語言層，此意即作者直接把其對外界事物之感受、思想、情感等訴諸於文字，完全不需加以掩飾，此與「獨抒性靈，不拘格套」有異曲同工之妙。

另外，袁中道雖沒有直言「性靈」，但大抵也可以說明「性靈」的涵義，他於〈中郎先生全集序〉云：

> 今天下之慧人才士，始知心靈無涯，搜之愈出；相與各呈其奇，而互窮其變，然後人人有一段眞面目溢露於楮墨之間。〔註57〕

他認爲「今天下之慧人才士」之所以能在作品中流露出「眞面目」，也就是作者本身的個性、面貌，主要原因爲他們「始知心靈無涯」，所謂「心靈」是泛指人心所具感覺、想像、體悟之各種能力，其意即「今天下之慧人才士」明白自我主體——「心」對外界事物之作用是無窮無盡，因此只要當他們開放自我「心靈」進行創作時，所表現出來便各有各的特色，還可依己意極盡其變化，那麼一切作品自然而然表現的皆爲作者之「眞面目」。

準此，由上文的探討我們可以發現，袁宏道所言之「性靈」指的係「性與靈」，也就是進行詩文創作時，作者必須表現出自己的個性、精神，而此「精神」便係人之心靈及其作用。另外，無論是「性靈」

〔註56〕〔梁〕劉勰・周振甫注，《文心雕龍注釋・物色》，頁845。

〔註57〕〔明〕袁中道・錢伯成點校，《珂雪齋集・中郎先生全集序》（中）（上海：上海古籍出版社，1989年1月），卷11，頁522。

抑或「心靈」，其所指除了作者內心情感之表現外，也可包含作者本身之想像、體悟的抒發，不過要注意，「性靈」或「心靈」之產生必須先有所「感」，否則便是無病呻吟，因此當作者心中對外界事物產生了反應，他便直接以文字訴諸自己內心情感、體悟，不受詩歌外在形式所束縛，完全是自我性情之抒發，如此作者主體之「性靈」便能展現出來，這就是「真詩」。故江盈科提到：「以心攝境，以腕運心，則性靈無不畢達，是之謂真詩。」〔註58〕由此可見，公安派所說之「性靈」是經由多人共同界定而成。

（三）真　我

上文中已經理解「真我」之義涵，然則王世貞所言「真我」是指什麼呢？他曾在〈上林苑蕃牧署丞見巖王君墓表〉提到：

> 君壽六十有七，以此六十七年之中，而榮悴百變若雲霓，
> 然造物者之侮君甚矣，而君以坦承之、以愼守之變有盡，
> 而真我見。〔註59〕

此處王君指的是九巖公王表之子。王世貞指出王君在他人生六十七年之歲月裡，上天讓他在窮困與顯達之間不斷地遊移，使他飽嘗變化無常之人生，但王君卻不以爲意，反倒以坦然、謹愼於事的態度面對這些外在變化，所以在此過程中即是他「真我」的展現。

另外，徐渭也談及「真我」：

> 爰有一物，無罣無礙，在小匪細，在大匪泥，來不知始，
> 往不知馳，得之者成，失之者敗，得亦無攜，失亦不脫，
> 在方寸間，周天地所。勿謂覺靈，是爲真我，覺有變遷，
> 其體安處？體無不含，覺亦從出，覺固不離，覺亦不即。
> 立萬物基，收古今域。〔註60〕

〔註58〕〔明〕江盈科著・黃仁生輯校，《雪濤閣集・敝篋集引》，收入《江盈科集》（上），卷8，頁398。

〔註59〕〔明〕王世貞著，《弇州山人續稿・上林苑蕃牧署丞見巖王君墓表》，收入《景印文淵閣四庫全書》（第1283冊），卷126，頁759。

〔註60〕〔明〕徐渭撰，《徐文長三集・涉江賦》，收入《徐渭集》（第1冊）

由這段文字當中我們可以發現，徐渭提到的「眞我」乃是在萬象根源
當中不可見之神體，它不被任何事物所束縛，且它是無限的──「在
小匪細，在大匪泥」，即它小的已如細毛而不可知其小，說其廣大無
邊亦不可見知，根本無法得知其根源在哪？亦不可知悉它會往哪去？
如此的神體可得即可成事，若不得即會不成事，得到也不知如何帶著
它走，就算失去它了感官也覺察不到它已離開，既在小小的方寸之
間，又遍及宇宙萬事萬物。由此可見，「眞我」是生於內心、是本然
具足的，它無所不在甚至具有「立萬物基，收古今域」之時空統攝力，
然則，何以徐渭要稱之爲「眞我」而非「覺靈」？其中「覺靈」是指
什麼呢？所謂「覺靈」係指人對外界事物產生之領悟、理解、智慧等，
此便是「心」的作用，但「覺」的作用乃緣事感物而起，會隨外境而
變遷，故「覺靈」還不是心的本體，「心」的本體雖是恆常，卻無所
不包，而「覺」的作用也是由此本體而出，「覺」不離於「體」，但卻
不是「體」的本身，故徐渭所說的「眞我」即指一眞實無妄之心靈本
體，具有「形上」之義。準此，徐渭所言之「眞我」實際上是一種個
體主體和精神主體相統一的理念或曰理想境界。〔註61〕

　　我們從王世貞與徐渭之論點來看可以察覺，他們皆認爲「眞我」
的展現是由於主體對外界任何事物不執著，而能表現出個人之特性。

　　明白王世貞與徐渭所言「眞我」後，接著進一步探討，「眞我」
與詩歌的關係爲何？王世貞曾於〈鄒黃洲鷦鷯集序〉曰：

> 矩矱往昔與近季北地、歷下之遺則，皆儼然若有當焉。其
> 不爲捧心而爲抵掌者多矣。不佞故不之敢許，以爲此曹子
> 方寸間先有它人而後有我，是用於格者也，非能用格者
> 也，⋯⋯蓋有眞我而後有眞詩。〔註62〕

　　　（北京：中華書局，1999年2月），卷1，頁36。
〔註61〕付瓊，〈從鬱勃到頹放：徐渭眞我理論與散文創作的偏離與合一〉（《江
　　　西財經大學學報》第1期，2005年），頁95～98。
〔註62〕〔明〕王世貞著，《弇州山人續稿・鄒黃洲鷦鷯集序》，收入《景印
　　　文淵閣四庫全書》（第1282冊）（台北：台灣商務印書館，1983年），

此處所言北地指的是李夢陽，歷下則為李攀龍。因此可以發現，王世貞批評的是學詩者都模習古代或近代李夢陽與李攀龍所留下的典範、法則，其中他以曹子為例，批評他作詩前先在心中預存了前人的典範，而後才有自我的表現，這樣是「用於格」，含有被動之意，也就是被「格」所役使，故他提到：「不佞故不之敢許」，此意也就是不敢贊許曹子這樣的作詩方式，而這裡必須說明的是，此處「格」應有兩種意思：一指詩文規範形式，即「文各有體」之概念，〔註63〕當中「體」所指為體製，〔註64〕這裡我們也可以稱之為「法」；另一種還可以指前人作品所表現出來的風格等。據此，王世貞所主張的「用格者」，也就是詩人在學習前人作品時，要發揮自我主觀能動性，遵其法而不拘於法。

　　準此，王世貞認為詩歌創作，主體只要不受規範所限，那麼便是實現「眞我」。另外，由「眞我」與詩歌之關係，我們發現王世貞並不反對學古，而是希望作者在學古同時能主動「用格」，如此才能表現出自己的風格、特色。

　　總括以上王世貞等人所談「眞我」、「性靈」、「性情」與詩歌關係，可以察覺他們皆認為詩歌的「寫作動機」必須係基於詩人之「情」，無論其所指為「性之情」抑或「性與情」，否則便是「為文造情」；而在詩歌以「抒情」為本質之情況下，「眞我」、「性靈」則是作者表現情感的根源性動力：兩者皆注重詩歌創作以個人自我為本位，來抒發自我個體之感情，不過針對詩歌格律方面，兩者又有

卷 51，頁 663。

〔註63〕關於王世貞「格」之用法還有另外兩種：(1) 指的是規範或界限；(2) 指的是「品格」，用以判斷不同時代的同一詩體、或不同詩體之間的尊卑高下，見卓福安《王世貞詩文論研究》（台中：私立東海大學中文研究所博士論文，2002 年），頁 159～160。

〔註64〕「體製」當指文體之「形構」，並且多繫屬某一特定文類而言，為「基模性形構」之義，而「基模性形構」指的則是先於個別作品而既定的形構。以上見顏崑陽：〈論「文體」與「文類」的涵義及其關係〉，頁 16，頁 22～23。

不同的主張：王世貞希望作者在學習前人作品時，能於其中主動「用格」，而並非被「格」所用，如此才能表現出自己之情感；至於公安派所言「性靈」，作者可以不必受限於詩歌規格化的形式，也就是所謂「不拘格套」，完全依照自己內心所產生之情感來抒發，以自我的性靈（此也可以〔心〕看待之）當作詩歌創作本源。

第二節　王世貞與明晚期所面對的文學環境爲何

　　明白王世貞等人「性情」、「眞我」、「性靈」與詩歌關係後，接著便要進一步追問，他們何以認爲詩歌中有「眞我」、「性靈」才可以稱作「眞詩」？另外，必須特別指出，前文談到詩歌中「眞我」、「性靈」的表現必須在人之「情感」基礎上，所以在詩歌「抒情」前提下，可見王世貞等人面對的文學環境，乃是當代詩人寫作詩歌時，往往沒有情感產生，以至於無法在詩歌中表現出「眞我」、「性靈」。據此，便要探討他們當時的文學環境是什麼狀況？爲何詩人詩歌中沒有「情感」引發？如此才能明白當中原因。

　　上文提及王世貞由於看到學詩者皆模習前人所留下的典範、法則，如此只會被其「格」所侷限，因此他主張作詩要能主動用「格」，而不能被動「用於格」，故他提出：「蓋有眞我而後有眞詩」。另外，他也曾在〈章給事詩集序〉提到：

> 自昔人謂言爲心之聲，而詩又其精者。……後之人好剽寫
> 餘似，以苟獵一時之好，思踳而格雜，無取於性情之眞，
> 得其言而不得其人，與得其集而不得其時者，相比比也。
> 〔註65〕

此處王世貞認爲不管「言語」抑或「詩歌」，皆是由於人內心產生思想、情感後所表現出來的產物，不過詩歌在語言表現上必須更加講究

〔註65〕〔明〕王世貞著，《弇州山人四部稿・章給事詩集序》，收入《景印文淵閣四庫全書》（第 1280 冊）（台北：台灣商務印書館，1983 年），卷 69，頁 186。

精緻，也就是說，在詩歌固定的格律下，作者必須把自己內心欲表達之意說清楚，讀者才能了解其情感，可見王世貞著重詩歌形式與內容的契合，接著他談到後學在寫作詩歌上「無取於性情之眞」，即他們並沒有經過外界客觀環境引發自己心中眞實的感情後去「爲情造文」，反倒「苟獵一時之好」，隨意尋求心中喜歡的「典範」學習，因此只能在形式上「剽寫餘似」，內容表現方面則係按照古人作品中的情感去模擬，根本無法體會到作者本身的性情，完完全全就僅是「爲文造情」，故只「得其言而不得其人，與得其集而不得其時者」，此即表示不管學習個人還是一家作品，由於對古人作品亦步亦趨，所以詩歌整體方面就徒具形式，而沒有作者主體感情在其中，因此王世貞認爲詩歌是表現詩人之意識、思維，而表現出來的同時並隨著情緒發出聲音，故曰：「夫詩，心之精神，發而聲者也。」〔註66〕

至於徐渭所面對的文學環境呢？他曾以人學鳥言及鳥學人言爲喻，指責當時詩歌的模擬弊病：

> 人有學爲鳥言者，其音則鳥也，而性則人也。鳥有學人言者，其音則人也，而性則鳥也。此可以定人與鳥之衡哉？今之爲詩者，何以異於是？不出於己之所得，而徒竊於人之所嘗言，曰某篇是某體，某篇則否，某句似某人，某句則否。此雖極工逼肖，而已不免於鳥之爲人言矣。〔註67〕

徐渭談到無論是人學鳥言抑或鳥學人言，儘管學得再像，其「本性」是無法改變的，人還是人、鳥終究還是鳥，故在此觀點上徐渭認爲當時作詩者就如「鳥之爲人言」，因爲他們寫詩動機並不是根據自己體會、感受後所產生的情感，也就是他們離開了創作主體——「我」，而僅僅直接從前人作品中盜取那些曾經寫過的東西、說過的話，故他指出作詩者的弊病——「不出於己之所得，而徒竊於人之所嘗言。」

〔註66〕〔明〕王世貞著，《弇州山人四部稿‧金臺十八子詩選序》，收入《景印文淵閣四庫全書》（第1280冊），卷65，頁140。

〔註67〕〔明〕徐渭撰，《徐文長三集‧葉子肅詩序》，收入《徐渭集》（第2冊），卷19，頁519。

甚至他們在形式上講求要與前人哪一首詩歌體製相同；字句上要像哪一個前人等，這樣在徐渭看來是「此雖極工，逼肖而已。」所以詩歌寫作若「不出於己之所得」，終究「鳥之爲人言矣」，便僅是形式內容上的模擬剽竊而失去自我主體。

　　另外，徐渭更針對那些特意作詩以求名譽之人提出批評：

> 古人之詩本乎情，非設以爲之者也，是以有詩而無詩人。迨於後世，則有詩人矣，乞詩之目多至不可勝應，而詩之格亦多至不可勝品，然其於詩，類皆本無是情，而設情以爲之。夫設情以爲之者，其趨在於干詩之名；干詩之名，其勢必至於襲詩之格而剿其華詞，審如是，則詩之實亡矣。是之謂有詩人而無詩。〔註68〕

此處可以發現，徐渭以是否「設情」之觀點來區分古人與後世的詩歌，所謂「設情」就是指作者刻意安排情感，換句話說，他是以「爲情造文」和「爲文造情」之差別區分古人與後世的詩歌，在這差異之下他並據此劃分出「有詩而無詩人」和「有詩人而無詩」之差別。然則此兩者差異何在？徐渭指出古人作詩動機爲發乎性情；但後人卻是「設情以爲之」，因此古人與後人之詩差別則係前者「爲情造文」，至於後者則屬「爲文造情」。然而後人之所以「爲文造情」的原因，徐渭認爲主要是由於「乞詩之目多」，所謂「乞詩之目」是指太多後人將詩歌寫作當作一種交際、應酬工具用，故在此情況下詩的產量大增，連帶的「詩之格亦多至不可勝品」，此處「格」是就詩歌的標準、法式而言，也即由於寫詩歌之標準變多使得無法品評其高下，但問題並不在於其形式、用字等優劣價值上，而是因爲詩歌本就以「抒情」爲本，根本不能以這種「爲文造情」之作品論其好壞。所以針對這些人，徐渭認爲他們目的只是「干詩之名」，既然是「干詩之名」就表示他們「設情以爲之」，其弊病則爲「襲詩之格而剿其華詞」，此處「格」亦指詩歌的標準、形式，也就是後人只能依照形式並利用華麗的文字寫

〔註68〕〔明〕徐渭撰，《徐文長三集·肖甫詩序》，收入《徐渭集》（第2冊），卷19，頁534。

出詩歌，故他說：「詩之實亡矣」。這樣看來，古人作詩目的是爲了抒情而非當詩人，此即「有詩而無詩人。」而後人卻是「干詩之名」，故曰：「有詩人而無詩。」

至於袁宏道所面對之文學環境又是怎樣的呢？他曾在〈敘小修詩〉中談到：

> 蓋詩文至近代而卑極矣，文則必欲準于秦、漢，詩則必欲
> 準于盛唐，剿襲模擬，影響步趨，見人有一語不相肖者，
> 則共指以爲野狐外道。〔註69〕

所謂「文則必欲準于秦、漢，詩則必欲準于盛唐」指的正是前後七子「文必秦漢，詩必盛唐」之主張，因此可以發現他所批評之對象即爲前後七子，他認爲他們雖提倡復古，但實際上卻只是在前人作品上「剿襲模擬」，甚至影響後學，不僅如此，更利用他們所提出的典範來判斷當代人所作作品之優劣，只要發現詩歌、文章中字句有不相似，他們與其後學便斥責爲異端邪說，故袁宏道感嘆：「詩文至近代而卑極矣。」從這裡我們可以看出，袁宏道深刻地揭露出前後七子提倡復古所帶來的荒謬。

另一位公安派成員江盈科也提及：

> 本朝論詩，若李崆峒、李于鱗，是謂其有復古之力。然二
> 公者，固有復古之力，亦有泥古之病。彼謂文非秦漢不讀，
> 詩非漢魏六朝盛唐不看，故事凡出漢以下者，皆不宜引用。
> 噫，何其所見之隘而過於泥古也耶？〔註70〕

「李崆峒」、「李于鱗」所指爲前後七子當中具有影響力的李夢陽與李攀龍。從江盈科之論點來看，他是讚賞李夢陽與李攀龍於詩歌方面提倡復古的功勞，可是他也指出他們的「泥古之病」，認爲他們「文非秦漢不讀，詩非漢魏六朝盛唐不看，故事凡出漢以下者，皆不宜引

〔註69〕〔明〕袁宏道著・錢伯城箋校，《錦帆集・敘小修詩》，收入《袁宏
　　　　道集箋校》（上），卷4，頁188。
〔註70〕〔明〕江盈科著・黃仁生輯校，《雪濤詩評・用今》，收入《江盈科
　　　　集》（下），頁797。

用」，此即是說，他們只侷限於他們所認爲詩文體製最優秀的「典範」去寫作、學習，而對其他朝代作品產生「排他性」，甚至於寫作過程中也只引用漢代以前之典故。因此，這樣的詩文寫作方式，江盈科則批評他們僅是拘守於古代的格律而不知變通，甚至眼光過於狹隘，故曰：「何其所見之隘而過於泥古也耶？」

　　除此之外，江盈科還特別指出古人與今人寫作上的不同之處：

> 古樂府、古詩所命題目，如《君馬黃》、《雉子班》、《艾如張》、《自君之出矣》等類，皆就其時事構詞，因以名篇，自然絕妙。而我朝詞人，乃取其題目，各擬一首，名曰復古。夫彼有其時，有其事，然後有其情，有其詞；我從而擬之，非其時矣，非其事矣，情安從生？強而命辭，縱使工緻，譬諸巧工能匠，塑泥刻木，儼然肖人，全無人氣，何足爲貴？〔註71〕

所謂《君馬黃》、《雉子班》、《艾如張》、《自君之出矣》等皆爲漢代樂府、古詩之題目。但它們是如何產生的呢？江盈科提到：「皆就其時事構詞，因以名篇」，即這些作品的形成，主要是由於作者面對當下情況、環境心有所感後而寫成，因此江盈科稱這些作品「自然絕妙」，所謂「自然」指的是作者無造作之心靈境界，也即爲只要作者能把真實的感情流露於作品，毫無造作，如此便能成爲一件非常優秀的作品。接著江盈科便指出當代詩人的弊病，認爲他們所提倡的復古，不過就僅是在這些作品的題目、內容、形式上模擬而已。那麼古人和今人所作作品到底差異何在？重點就是在「情」，然則再進一步追問，「情感」是如何產生呢？江盈科認爲從「時」與「事」而來。剛提到《君馬黃》、《雉子班》等作品是作者面對當下的社會現象有感而發後產生，故曰：「彼有其時，有其事，然後有其情，有其詞。」因此他們是「爲情造文」；而今人在模擬那些作品時不僅沒有作者當時的時空背景，甚至還在字句上「強而命辭」，故江盈科便指

〔註71〕〔明〕江盈科著・黃仁生輯校，《雪濤詩評・擬古》，收入《江盈科集》（下），頁800。

出：「縱使工緻，譬諸巧工能匠，塑泥刻木，儼然肖人，全無人氣」，他認爲即使他們在文字技巧上精工細緻，但此也只是如工匠般能把泥、木雕塑成人的形狀，徒有外在形式而已，作品中完全沒有「人氣」，所謂「人氣」指的是人之氣質、感情等，故江盈科曰：「何足爲貴？」

準此，無論是王世貞、徐渭、袁宏道、江盈科等人，他們所面對的皆是模擬剽竊、徒具外在形式而沒有作者感情在詩歌中之文學環境，不過，可以看出當中王世貞、江盈科特別讚賞李夢陽與李攀龍復古之功，可是一旦進入寫作層面，除了王世貞、江盈科外，甚至連袁宏道都特別針對李夢陽與李攀龍所提出詩歌之學習「典範」做出批評，認爲他們不僅尺尺寸寸模擬古人詩歌作品，甚至還影響後學。故在這種情況下他們一方面要恢復詩歌本質——「抒情」；另一方面更重要的是當詩人以詩歌抒發情感的同時，必須表現出自我，不過針對是否要遵從詩歌格律之情況下，卻有不同之看法：如王世貞認爲作者要主動用「格」；袁宏道則持不同看法，故他提到「不拘格套」。

第三節　如何才能創作具有「眞我」、「性靈」的「眞詩」

明白王世貞、徐渭等人所面對之文學環境後，接著便要探討他們該如何解決這個問題。關於此，從上文的討論已經得知，他們批判的是把前人作品拿來字字句句模擬剽竊，內容完全沒有寫作者的感情，甚至也有針對李夢陽、李攀龍等人所提出的學習典範做出批評。然則，是否表示他們認爲作詩不須參考前人作品？若答案是否定的，那麼該如何既學習前人作品又能表現出作者的性情呢？之後便要進一步了解王世貞、袁宏道與江盈科所提出的「眞詩」義涵是什麼。

一、詩歌寫作是否需要以前人作品當學習對象

上文提到王世貞認爲當時學詩者皆模習前人所留下來的詩歌法

則，以至於無法表現出寫作者的感情，故他說：「有眞我而後有眞詩。」即是希望寫作者能在前人作品中主動用「格」，所以於這種情況下，他並不反對寫詩者以前人作品作爲學習對象，如《明史·王世貞傳》云：「文必西漢，詩必盛唐，大曆以後書勿讀。」〔註72〕此當然是王世貞詩文取法的主要對象，但他並未就此畫地自限，他曾在〈徐孟孺〉曰：

> 今宜但取三百篇及漢魏晉宋、初盛唐名家語熟翫之，使胸
> 次悠然有融決處，方始命筆。勿作凡題、僻題、險體、險
> 韻，全入惡道……然後取中晚唐佳者，及獻吉于鱗諸公之
> 作以資材用，亦不得臨時剽擬。至於僕詩門徑尤廣，宜採
> 不宜法也。〔註73〕

此處王世貞認爲寫作之前作者必須閱讀前人作品，故他提到他所認爲的其他優秀典範：「取三百篇及漢魏晉宋、初盛唐名家語熟翫之」、「然後取中晚唐佳者，及獻吉于鱗諸公之作以資材用」，從他所提出的典範可以察覺，無論是《詩經》、漢魏晉宋、初盛唐，甚至到中晚唐、李夢陽、李攀龍等人皆是他認爲優秀的作品、作家，不過針對「漢魏晉宋、初盛唐」的詩歌作品，他並非全數取用，而是要特別針對「名家語」；至於「中晚唐」作品也不是全部否認，因爲當中也是有優秀者，此學習方法正如嚴羽所言：「學者須從最上乘、具正法眼悟第一義」〔註74〕、「入門須正，立志須高。」〔註75〕因此，在學習前人作品前，作者必須挑選最優秀者學習之，不僅如此，詩歌寫作前作者還要先對這些典範深入欣賞、熟讀涵泳，然後在閱讀這些作品時，使自己心中的胸懷與古人作品融通後，再將之抒發出來，而不是僅在形式

〔註72〕〔清〕張廷玉等著，《新校本明史·列傳·文苑·王世貞傳》（第十冊）（台北：鼎文書局，1976 年 9 月），卷 287，頁 7381。

〔註73〕〔明〕王世貞著，《弇州山人續稿·徐孟孺》，收入《景印文淵閣四庫全書》（第 1284 冊）（台北：台灣商務印書館，1983 年），卷 182，頁 611。

〔註74〕〔宋〕嚴羽著·郭紹虞校釋，《滄浪詩話校釋·詩辨》（台北：里仁書局，1987 年 4 月），頁 11。

〔註75〕〔宋〕嚴羽著·郭紹虞校釋，《滄浪詩話校釋·詩辨》，頁 1。

字句上剽竊模擬，故他說：「使胸次悠然有融浹處，方始命筆」。另外，
當作者要以詩歌表現自己的思想、情感時，王世貞也特別提到：「勿
作凡題、僻題、險體、險韻」，所謂「凡題」是相對於「僻題」，兩者
皆是針對詩歌題目而言，前者所指爲不要作太過於平常的題目；後者
指不作冷僻之題目；「險體」則是指作者詩歌寫作不要用奇險的「體
製」；至於「險韻」則指不用險僻難押的詩韻，否則在詩歌寫作上便
淪爲不正之道，畢竟詩歌是「抒情」，而非在形式上要弄技巧。因此
他最後提到：「僕詩門徑尤廣，宜採不宜法也。」此意即表示他於詩
歌寫作上的路徑、方法特別廣泛，欲學詩者可以採用這樣的方法學詩
但卻不能效法，畢竟如人飲水，冷暖自知。

　　另外，上文談到徐渭曾對那些模擬、爲文造情的人提出批評，然
而，是否表示徐渭贊成寫作前不須參考前人作品？他曾自評其詩文並
總結自己的創作過程說：

> 田生之文，稍融會六經，及先秦諸子諸史，尤契者蒙叟賈
> 長沙也。姑爲近格，乃兼併昌黎大蘇，亦用其髓，棄其皮
> 耳。師心橫從，不傍門戶，故了無痕鑿可指。〔註76〕

徐渭曾以「田水月」爲筆名，故「田生之文」即是他自評其文章。此
處可以發現徐渭爲文所取法、學習之對象是「六經及先秦諸子諸史」，
但他並非在形式、內容上模擬剽竊，而是經過自己閱讀後融會貫通所
完成，當中，他談到其文章風格和「蒙叟、賈長沙」特別意氣相投，
而「蒙叟、賈長沙」則分別指莊子和賈誼。接著，他還提到：「姑爲
近格，乃兼併昌黎大蘇」，此處「格」指的是標準、法式；而「昌黎
大蘇」則是指韓愈與蘇軾，此意即除了先秦典籍之外，對於近代的典
範，徐渭則兼容了韓愈和蘇軾之作品，同樣，他並不是僅學習其形式、
內容，而是「用其髓，棄其皮耳」，所謂「髓」係指韓愈和蘇軾作品
內容當中的精神；「皮」則是作品的外在形式。因此可以察覺徐渭並
不反對擬古，而是希望作者在閱讀典籍時能以己之心融會貫通、不拘

〔註76〕〔明〕徐渭撰，《徐文長逸稿・書田生詩文後》，收入《徐渭集》（第
　　　　3冊），卷16，頁976。

泥於成法、不依附於任何人所規定的典範下學習，如此便能獨出心裁，完全沒有模擬的痕跡，也不會死在古人語下，故他說：「師心橫從，不傍門戶，故了無痕鑿可指」。

因此，當作者能於前人作品底下表現出「個人主體」，那麼徐渭便認為這是最好的模擬，他提到：

> 非特字也，世間諸有為事，凡臨摹直寄興耳，銖而較，寸而合，豈真我面目哉？臨摹蘭亭本者多矣，然時時露己筆意者，始稱高手。予閱茲本，雖不能必知其為何人，然窺其露己筆意，必高手也。優孟之似孫叔敖，豈併其須眉軀幹而似之耶？亦取諸其意氣而已矣。〔註77〕

此處徐渭雖是就書法而言，但卻可從中看出他所欣賞的模擬方法。他提到：「非特字也，世間諸有為事，凡臨摹直寄興耳。」所謂「字」是指書法作品，至於「事」，徐渭這裡則就文學寫作活動而言，也就是說他認為世界上不僅書法，任何的文學寫作活動都應該有為而作，但在這過程中，作者必須以前人作品為典範並深入閱讀，假若其僅是在形式、內容上錙銖必較，那麼作品便沒有主體之精神，就如徐渭所言：「鳥之為人言。」因此當作者在進行文學創作時，學習、模仿前人作品不過是一種手段，其目的則是要寄託作者之情意，但此又不能離開前人留下來的法則，故曰：「凡臨摹直寄興耳。」接著，他便以「臨摹蘭亭本者」為例，他認為學習王羲之〈蘭亭集序〉而能稱之為高手者，並不是他臨摹得像，而是在學習過程中其所展現出來之運筆的精神意態及其表現之功力、風格等，皆是藉由〈蘭亭集序〉的臨摹來顯露出自己的面目。因此在這基礎下，徐渭則以臨摹過程中作者是否能「露己筆意」判斷其優劣高下。他最後以優孟衣冠的故事再次強調，優孟穿上孫叔敖的衣服之所以像，並非臉部特徵、身材像孫叔敖，而是他能掌握到孫叔敖的精神、意態、神色。由此看來，徐渭重視的是作者在前人作品下能否轉出自我面目，而

〔註77〕〔明〕徐渭撰，《徐文長三集・書季子微所藏摹本蘭亭》，收入《徐渭集》（第 2 冊），卷 20，頁 577。

其也是徐渭所強調的「眞我」。

至於袁宏道則在〈敘小修詩〉裡揭露前後七子之弊病後接著說：

曾不知文準秦、漢矣，秦、漢人曷嘗字字學六經歟？詩準
盛唐矣，盛唐人曷嘗字字學漢、魏歟？秦、漢而學六經，
豈復有秦、漢之文？盛唐而學漢、魏，豈復有盛唐之詩？
唯夫代有升降，而法不相沿，各極其變，各窮其趣，所以
可貴，原不可以優劣論也。〔註78〕

前後七子雖提倡「文必秦漢，詩必盛唐」之詩文學習典範主張，但在
實際寫作上袁宏道則批評他們：「剿襲模擬，影響步趨」，然則，該如
何從前人作品中創造出新的東西呢？首先袁宏道提到：「唯夫代有升
降，而法不相沿，各極其變，各窮其趣」，他認爲時代都有盛衰之變
化，當中文學又與時代有密不可分的關係，故他特別強調文學創作應
該立足於現實，甚至要能反映時代，〔註79〕因此在這種情況下，前人
所遺留下來之詩文寫作方法也應該不能沿襲，而是要「各極其變，各
窮其趣」，所謂「各極其變」是就創作方法而言；而「各窮其趣」則
是指作者表現出來的興味，此即是說當代人進行文學寫作必須在前人
的法則下窮新極變，如此才能表現出作者的意味、情態或風致。故袁
宏道便以前後七子所提出的典範爲例指出，「秦、漢」與「盛唐」詩
文之所以能成爲當代最優秀的典範，是因爲他們並非「字字學六經」、
「字字學漢、魏」，而是能把前代作品當作標準然後進一步地創造出
新的東西，因此這樣的創作方法袁宏道便說：「所以可貴，原不可以
優劣論也。」

〔註78〕〔明〕袁宏道著・錢伯城箋校，《錦帆集・敘小修詩》，收入《袁宏
道集箋校》（上），卷4，頁188。

〔註79〕袁宏道曾提到文學與時代的關係：「洪、永之文簡質，當時之風習，未
有不儉素眞至者也。弘、正以後，物力漸繁，而風氣漸盛，士大夫之
莊重典則如其文，民俗之豐整如其文，天下之工作由朴而造雅如其文。
嘉、隆之際，天機方鑿，而人巧方始。然鑿不累質，巧不乖理，先輩
之風猶十存其五六，而今不可得矣。」〔明〕袁宏道著・錢伯城箋校〈陝
西鄉試錄序〉，收入《袁宏道集箋校》（下），卷54，頁1530。

　　另外，江盈科則針對前後七子所提出「詩必漢魏盛唐」之觀點作出駁斥，他於〈用今〉曰：

> 吾以爲善作詩者，自漢魏盛唐之外，必遍究中晚，然後可以窮詩之變。〔註80〕

此處江盈科認爲一位善於作詩的人，除了漢魏盛唐詩之外，中晚唐詩歌也是值得學習、探尋，如他曾在〈評唐〉當中讚揚李賀、盧仝、李商隱、杜牧、賈島等人，尤其他特別欣賞白居易的詩歌。〔註81〕可見在他眼裡，一方面中晚唐也是有優秀的詩人、作品可以取法，另一方面則是對應前後七子僅取漢魏盛唐詩而發。不過，學習這些典範並不是要詩人在形式上模擬剽竊，而是必須要經過涵泳、融會貫通後，才能在前人詩歌作品中創造出自己的風格，如此便係於寫作方法上「窮詩之變」。

　　準此，我們可以察覺王世貞等人並不反對詩歌寫作參考前人作品、樹立典範，因爲他們自己也提到其寫作時是旁及各家，只是他們認爲詩文之典範不應該僅限於前後七子所提出的「文必秦漢，詩必盛唐」，當中無論六經、中晚唐詩歌等亦有相當優秀的作品與詩人也是值得學習。而當王世貞等人選擇、學習這些典範作品時，是由於他們知道前人所作出來之作品都是基於情感的抒發——「爲情造文」，所以透過閱讀便會使他們有所感動，之後便發而爲詩文，因爲一個優秀文學作品不僅是作者情感之發洩，甚至還要能感動讀者，如王世貞說：

〔註80〕〔明〕江盈科著・黃仁生輯校，《雪濤詩評・用今》，收入《江盈科集》（下），頁798。

〔註81〕「李長吉賦才奇絕，構思刻苦，觀其用字用句，眞是嘔出心肝。盧玉川任才任性，任筆任意，兼太白之逸，并長吉之怪，爲一人者也。詩家如李長吉，不可有二；如盧玉川，不能有二。……至於李義山之刻畫，杜樊川之匠心，賈浪先之幽思，均罄殫精神，窮極精巧，方之諸人，更爲刮目。白香山詩，不求工，只是好做，然香山自有香山之工，前不照古人樣，後不照來者議，意到筆隨，景到意隨，世間一切都著併包囊括入我詩內。詩之境界，到白公不知開擴多少。」〔明〕江盈科著・黃仁生輯校，《雪濤詩評・評唐》，收入《江盈科集》（下），頁802。

> 孔子稱詩可以興、可以群、可以怨，邇之事父，遠之事君，
> 若僅以忠孝二言，或粗徵其實以示天下，後世安能使之感
> 動，而得其所謂興與群與怨也？〔註82〕

我們從王世貞所言：「孔子稱詩可以興、可以群、可以怨，邇之事父，
遠之事君」，可明顯看出其是脫胎於《論語·陽貨》。〔註83〕王世貞提
到，若把孔子認爲的讀詩效果重點僅放在「忠孝二言」，即「事父」、
「事君」，如此還不足以證明孔子提出讀詩之眞正目的，所以他說：「若
僅以忠孝二言，或粗徵其實以示天下，後世安能使之感動，而得其所
謂興與群與怨也？」所謂「興」是指詩歌能感發讀者志意；「群」則
指詩歌可以在社會人群中引起思想交流，從而保持社會群體和諧；
「怨」則係詩歌可對不良政治之種種表現表示出怨悱的情感、態度。
由此看來，讀者是由於在讀詩之後心有所感，便產生了「興」、「群」、
「怨」等效果，故孔子所言：「詩可以興、可以群、可以怨，邇之事
父，遠之事君」皆爲讀詩感人後所產生之效果。

徐渭也曾提到詩歌的感人作用：

> 公之選詩，可謂一歸於正，復得其大矣。此事更無他端，
> 即公所謂可興、可觀、可群、可怨，一訣盡之矣。試取所
> 選者讀之，果能如冷水澆背，陡然一驚，便是興觀群怨之
> 品，如其不然，便不是矣。〔註84〕

所謂「公」指的爲孔子。他提到孔子選擇詩歌這類文化產品來教導弟
子，主要目的是要「歸於正」，所謂「歸於正」係指詩之內容、思想
情感皆是作者眞誠流露、毫無虛假，此意即孔子曾於〈爲政〉云：「詩

〔註82〕〔明〕王世貞著，《弇州山人續稿·答鄒孚如舍人》，收入《景印文
　　　　淵閣四庫全書》（第1284冊）（台北：台灣商務印書館，1983年），
　　　　卷190，頁711。
〔註83〕「小子何莫學夫詩？詩，可以興，可以觀，可以群，可以怨。邇之
　　　　事父，遠之事君，多識於鳥獸草木之名。」〔魏〕何晏注·〔宋〕刑
　　　　昺疏，《十三經注疏·論語注疏·陽貨》（北京：北京大學出版社，
　　　　1999年12月），卷17，頁237。
〔註84〕〔明〕徐渭撰，《徐文長三集·答許口北》，收入《徐渭集》（第2冊），
　　　　卷16，頁482。

三百，一言以蔽之，曰：『思無邪』。」〔註85〕「思無邪」之意便近於「歸於正」。而孔子以詩歌當教材，是由於學詩有許多之好處，即孔子說的「詩，可以興、可以觀、可以群、可以怨。」這些可說是把詩歌效用「一訣盡之矣」。當然，「觀」、「群」、「怨」皆是由「興」而來，因此，徐渭提到「試取所選者讀之，果能如冷水澆背，陡然一驚，便是興觀群怨之品」，此處他判定詩歌是否為「興觀群怨之品」，重點在於當讀者在閱讀詩歌時，其能否「如冷水澆背，陡然一驚」，「如其不然，便不是矣」，此即是就文學作品能否引發讀者志意——「興」而言。

　　另外，袁宏道也曾自述有一天晚上睡不著覺，隨意拿起書架上一本名為《闕編》詩一帙，讀了幾首之後便馬上急問他的好朋友周望是否知道此作者，周望便回答是他同鄉徐渭所寫，於是「兩人躍起，燈影下讀復叫，叫復讀，僮僕睡者皆驚起。」〔註86〕可見徐渭詩歌所表達出來的情感內容，使袁宏道、周望達到共鳴並產生了感動與反應。

　　由此看來，雖然上文所談皆就詩歌感人作用而言，但針對其他文學作品也是一樣，只要前人是「為情造文」，而當讀者閱讀這些作品時，便能感受到作品中那股強烈的感情，並引發其情感、志意，那麼此時他的身分即從「讀者」變為「寫作者」，把他閱讀後所產生的感情表現於詩文，當然，這裡亦可算是一種「感物起情」、「緣事而發」的「寫作動機」，不過此處「物」與「事」是針對前人作品而言，並非指客觀之外在事物，如：大自然、社會事件等。因此，文學寫作是可以參考前人作品，只不過閱讀者若僅是從前人作品中模仿其字句、形式而未經過涵泳、熟讀，當然就只是模擬剽竊、徒具形式而沒有作

〔註85〕〔魏〕何晏注・〔宋〕刑昺疏，《十三經注疏・論語注疏・為政》，卷2，頁14。

〔註86〕「余一夕作陶太史樓，隨意抽架上書，得《闕編》詩一帙，惡楮毛書，烟煤敗黑，微有字形。稍就燈間讀之，讀未數首，不覺驚躍，急呼周望：『《闕編》何人作者，今耶古耶？』周望曰：『此余鄉徐文長先生書也。』」〔明〕袁宏道著・錢伯城箋校，《瓶花齋集・徐文長傳》，收入《袁宏道集箋校》（中），卷19，頁715。

者情感於作品之中。

二、如何作出具有「眞我」、「性靈」之「眞詩」

　　既然寫作之前可以參考前人作品，不過先決條件當然是作者必須先熟讀、理解前人作品，從中引發出對古人作品所產生的情感，才有可能於前人作品中轉出自己的面目，然則進一步追問，融會貫通後作者該如何主動用前人作品中之「格」而作出所謂的「眞詩」呢？

　　王世貞在〈鄒黃洲鷦鷯集序〉談到：

> 彥吉之所爲詩，諸體不易指屈，然大要和平粹夷，悠深雋遠，鈜然之音與淵然之色，不可求之耳目之蹊，而至味出於齒舌流羨之外，蓋有眞我而後有眞詩，其習之者不以爲達夫、摩詰，則亦錢、劉，然執是而欲以一家言目彥吉，不可得也。〔註87〕

這裡「彥吉」指的是鄒迪光。王世貞提到鄒迪光的詩歌：「諸體不易指屈」，此處「諸體」係指詩歌中的各種體製，如絕句、律詩等等，也就是說鄒迪光在詩歌創作上不僅嘗試各種體製，甚至產量也相當多。接著，王世貞便指出他這些詩歌所呈現出來的優點爲：「然大要和平粹夷，悠深雋遠，鈜然之音與淵然之色」，所謂「和平粹夷」是指其情感溫和、純潔平和；「悠深雋遠」則係指作品所表現出來之韻味；至於「鈜然之音與淵然之色」是分別針對詩歌的聲調和詩歌整體之美而言。因此，王世貞認爲鄒迪光之詩歌是無法看出他學習古人的痕跡，而當讀者涵泳其作品時，便能感受到他內容流露出之感情，另外，王世貞還提到後學鑽研他的詩歌時認爲他不是學「達夫、摩詰」，即高適與王維，應該也是學「錢、劉」，此指的爲錢起和劉長卿，〔註88〕不過他指出若想以一家之言看鄒迪光的詩歌，則無法

〔註87〕〔明〕王世貞著，《弇州山人續稿・鄒黃洲鷦鷯集序》，收入《景印文淵閣四庫全書》（第1282冊），卷51，頁663。

〔註88〕王世貞曾針對錢起與劉長卿之作品提出批評：「錢劉並稱故耳，錢似

契合，明顯看出鄒迪光之詩歌是兼容多家風格後轉出自己的面目，故王世貞曰：「蓋有眞我而後有眞詩。」

準此，王世貞認爲的「眞詩」，作者必須要藉由閱讀前人作品，然後從中「使胸次悠然有融浹處」，那麼作出來的作品便有作者情感在其中，而鄒迪光便是最好的例子之一。然則此處產生一個疑問，既然作詩要參考前人作品，那麼關於詩歌外在形式如句數、平仄是否可以不需遵守？對此，王世貞於〈沈嘉則詩選序〉說：「夫格者，才之禦也；調者，氣之規也。」〔註89〕所謂「格」，此處泛指不同詩歌體製之外在規範形式，如絕句、律詩等格律；「才」包括了作者先天的稟性與後天培養而成之表現能力；「氣」則係指作者情緒或表現出來的精神狀態；至於「調」這裡則是指詩歌中的平仄，即爲聲調。因此，王世貞所言：「夫格者，才之禦也；調者，氣之規也。」意指不同詩體外在形式與其平仄格律皆是規範、制約作者「才」和「氣」的過度泛濫。如他曾自敘其詩文說：

> 夫僕之病在好盡意而工引事，盡意而工引事則不能無入出於格。以故詩有墮元白或晚季近代者，文有墮六朝或唐宋者。〔註90〕

所謂「好盡意而工引事」，係指王世貞在詩文寫作時喜歡將自己心中情感、想法充分表達出來，並且還擅長在詩文中引用典故，但他自己意識到這樣的方式會產生缺點，即「不能無入出於格」，此處「格」兼指前人所遺留下來的詩文規範形式以及其表現出來之風

不及劉。錢意揚，劉意沉；錢調輕，劉調重。如『輕寒不入宮中樹，佳氣常浮仗外峰』，是錢最得意句，然上句秀而過巧，下句寬而不稱。劉結語『匹馬翩翩春草綠，邵陵西去獵平原』，何等風調；『家散萬金酬士死，身留一劍答君恩』，自是壯語。」見〔明〕王世貞撰，《藝苑卮言》，收入丁福保輯，《歷代詩話續編》（中）（台北：木鐸，1988年7月），卷4，頁1010。

〔註89〕〔明〕王世貞著，《弇州山人續稿·沈嘉則詩選序》，收入《景印文淵閣四庫全書》（第1282冊），卷40，頁527。

〔註90〕〔明〕王世貞著，《弇州山人續稿·屠長卿》，收入《景印文淵閣四庫全書》（第1284冊），卷200，頁824。

格，此意即他這種寫作方式往往會突破前人作品規範、風格，也就是說，雖然王世貞寫作詩文時有取法對象，可是一旦進入實際寫作中，由於自己要自如地抒發情感、表達思想，便往往突破了前人作品規範、風格，因此這種情況下，他說自己的詩歌有元稹、白居易或「晚季近代者」之風；而文章則不免時露出了六朝或唐宋的痕跡，由此可見針對這些人物或朝代的詩文，王世貞所給予之評價是很低的，如他在《藝苑卮言》中提到：「元輕白俗，郊寒島瘦，此是定論。」〔註91〕另外關於文章，他說：「六朝之文浮，離實矣。唐之文庸，猶未離浮也。宋之文陋，離浮矣。」〔註92〕此處「浮」指的是內容虛而不實；「實」則指情感眞誠而不虛僞；「庸」係指平常、普通之意；至於「陋」便有粗俗之意，此意即王世貞認爲六朝的文章缺少內容、情感；唐代文章雖平庸，但還是有其內容；至於宋朝文不僅粗俗，而且還沒有內容。

　　準此，王世貞此處不僅對他詩文寫作方式進行了反省，還反應出他雖然重視作者「才」、「氣」的發揮，但仍必須以前人之格調作爲依據、準則，其中當然透露出他非常重視詩文典範之優劣選擇，否則作出來的作品便會不佳，故就王世貞所言「眞詩」來看，對於詩歌之外在格律，作者也是必須遵守。

　　至於袁宏道與江盈科所言之「眞詩」該如何創作呢？袁宏道就曾

〔註91〕〔明〕王世貞撰，《藝苑卮言》，收入丁福保輯，《歷代詩話續編》（中），卷4，頁1012。不過必須指出，給予元稹、白居易、孟郊與賈島這種評價者，並非由王世貞提出，而是蘇軾，他曾於〈祭柳子玉文〉提到：「元輕白俗，郊寒島瘦」，〔宋〕蘇軾著・毛德富等主編，《蘇東坡全集・祭柳子玉文》（第9冊）（北京：北京燕山出版社，1998年10月），卷89，頁4979。當中所謂「輕」是指元稹情感上的輕佻，亦可指其在表現上之輕鬆自如與其語調之輕快；「俗」意指白居易詩文語言、內容上通俗；「寒」係指孟郊詩歌內容、風格上窮愁、冷澀；「瘦」則指賈島的詩表現出一種枯槁冷落之風。然則不管如何，可見蘇東坡是貶抑他們的詩文。

〔註92〕〔明〕王世貞撰，《藝苑卮言》，收入丁福保輯，《歷代詩話續編》（中），卷3，頁985。

在〈敘小修詩〉裡提到弟弟袁中道個性喜歡揮霍，且常常沉湎於玩樂之中，最後導致又貧又病，但他卻不改其個性，只是在沒有金錢又生病的情況下，心有餘而力不足，產生了許多憂傷之心緒，而在這種貧困、患病又無所依靠之情況下，他便藉由詩歌發洩其情緒，因此內容往往是傷心流淚抑或斥責的訴說他這種哀傷、不得志之心情，當袁宏道讀了袁中道的詩歌後，心情不免也跟著悲傷起來，他認爲這就是可以流傳的「眞詩」，故他說：「愁極則吟，故嘗以貧病無聊之苦，發之於詩，每每若哭若罵，不勝其哀生失路之感。予讀而悲之。大概情至之語，自能感人，是謂眞詩，可傳也。」〔註93〕

　　由此看來，袁宏道之所以稱袁中道的詩歌爲「眞詩」，主要是由於袁中道將自己生活中之遭遇、體驗發抒爲詩，因此內容所表現出來之情感即是最眞實、自然的，而當讀者在閱讀他的作品時，便會被其情感內容所感動。故在這種觀念底下，袁宏道也提到鄉里民間是存在著「眞詩」的，他曾於〈答李子髯〉詩其二說：「當代無文字，閭巷有眞詩。」然則，爲何他認爲民間詩歌也可以算「眞詩」？他提及：

　　　　吾謂今之詩文不傳矣，其萬一傳者，或今閭閻婦人孺子所
　　　　唱〈擘破玉〉、〈打草竿〉之類，猶是無聞無識眞人所作，
　　　　故多眞聲，不效顰於漢、魏，不學步於盛唐，任性而發，
　　　　尚能通於人之喜怒哀樂嗜好情欲，是可喜也。〔註94〕

這裡袁宏道認爲當時詩文能流傳者，僅有「今閭閻婦人孺子所唱〈擘破玉〉、〈打草竿〉之類」民歌，〔註95〕然則，進一步追問，何以民間百姓所唱詩歌得以流傳？他認爲主要是由於這些民歌爲「無聞無識眞人所作」，所謂「眞人」，袁宏道提到：「性之所安，殆不可強，率性

<hr>

〔註93〕〔明〕袁宏道著・錢伯城箋校，《錦帆集・敘小修詩》，收入《袁宏道集箋校》（上），卷4，頁188。

〔註94〕〔明〕袁宏道著・錢伯城箋校，《錦帆集・敘小修詩》，收入《袁宏道集箋校》（上），卷4，頁188。

〔註95〕關於〈擘破玉〉、〈打草竿〉，甚至明代其他民歌介紹、內容等可見周玉波著，《明代民歌研究》（南京：鳳凰出版社，2005年8月），第十二章。

而行，是謂眞人。」〔註96〕此即說，只要人依照自己之本性去行事，使自己本性有所恬適、安適，而不是因外在力量使然，如此便是「眞人」；至於「無聞無識」即指尚未聞見任何道理、知識，此處係針對民間百姓而言。因此，「無聞無識眞人」意即由於這些民間百姓沒有受到義理之束縛，且他們能將自己生活中所見所聞之事直接的發抒，完全是出於自己之感情、表達自己的訴求，而所發出來之聲音也是最眞實、沒有造作，所以他說：「任性而發」、「故多眞聲」，所謂「任性」即指聽憑本性行事，率眞不做作。不過他何以認爲民間百姓是「無聞無識眞人」？他提到：「不效顰於漢、魏，不學步於盛唐」，此處明顯係針對復古派而言。第二章曾提及，袁宏道認爲復古派雖提倡了「復古」，但實際寫作上卻是「剽襲」、「句比字擬」湊合爲詩，一方面因爲復古派被他們自己所提出之典範外在格律所束縛，如詩歌平仄、押韻等；另一方面則是他們寫作時沒有基於「情感」。在這種寫作「動機」、「過程」情況對照下，百姓不僅沒有詩歌形式束縛，甚至隨著自己感情抒發，而在抒發過程中「尚能通於人之喜怒哀樂嗜好情欲」，此即百姓所抒發的不僅是他們之情緒，其他人甚至還可以從中了解他們所訴求之內容，如愛好、欲望等。可見在民間與文人所作詩歌比較下，袁宏道給予民間詩歌相當高的評價，而此正呼應第二章所談及的，因爲民間詩歌內容上不僅表現出他們的眞實情感，甚至可以讓人藉由他們之聲音了解其情緒變化，故袁中道就曾對袁宏道說：「眞詩其果在民間乎！」而他自己也提到：「閭巷有眞詩。」

　　至於江盈科所認爲的「眞詩」該如何創作呢？他〈求眞〉云：
　　　　蓋能爲眞詩，則不求唐，不求盛，而盛唐自不能外。苟非
　　　　眞詩，縱摘取盛唐字句，嵌砌點綴，亦只是詩人中一個竊
　　　　盜搯摸漢子。〔註97〕

〔註96〕〔明〕袁宏道著‧錢伯城箋校，《錦帆集‧識張幼于箴銘後》，收入《袁宏道集箋校》（上），卷4，頁193。
〔註97〕〔明〕江盈科著‧黃仁生輯校，《雪濤詩評‧求眞》，收入《江盈科集》（下），頁799。

江盈科此處從「寫作動機」之角度談「眞詩」。而他所謂的「眞詩」已經藉由與袁宏道談話得知，即「以心攝境，以腕運心，則性靈無不畢達，是之謂眞詩。」因此，只要作者是出自於己之「性靈」，那麼在詩歌創作上便可以「不求唐，不求盛，而盛唐自不能外」，所謂「不求唐，不求盛，而盛唐自不能外」是指詩人不必以唐代甚至盛唐當作典範，接著，他提到：「苟非眞詩，縱摘取盛唐字句，嵌砌點綴，亦只是詩人中一個竊盜掏摸漢子。」江盈科認爲詩人若沒有發自「性靈」作詩，即使引用、擷取盛唐詩中的字句來拼湊、裝飾成詩，在他看來此也僅不過爲善於模擬剽竊之詩人，從中便可明白江盈科對這種詩人評價相當低。故在此情況對照下，作者只要是從己之「性靈」作詩，那麼此便即爲「眞詩」。

綜括袁宏道和江盈科所言之「眞詩」可以發現，他們認爲只要作者能把自己在生活中所感受之事表現出來，並且還能達到感人效果，如此一來此便是「眞詩」，根本不需要學習前人作品。因此，在這種情況之下，袁中道和民間之詩歌在袁宏道看來都是「眞詩」。另外，必須說明的是，既然袁宏道認爲的「眞詩」創作不需參考前人作品，那麼作者便不會拘於詩歌的外在形式，如：平仄、對仗等，袁宏道就曾在〈答李元善〉中提到：

> 文章新奇，無定格式，只要發人所不能發，句法字法調法，
> ——從自己胸中流出，此眞新奇也。﹝註98﹞

此處「文章」是泛指一般文學作品；至於「格式」即指袁宏道所言之「句法字法調法」，當中「句法字法」是指作者在作品中搭配與安排字句的方式；「調法」則爲作者於作品中表現出來之「聲調」與「意調」，故我們可以發現，此處「格式」袁宏道並非指絕句、律詩等基模形式的體製，而是有內容的形式——「意象形式」，即作者完成作品後所產生的體貌或體式、體格，﹝註99﹞準此，袁宏道認爲任何的文

﹝註98﹞〔明〕袁宏道著·錢伯城箋校，《瓶花齋集·答李元善》，收入《袁宏道集箋校》（中），卷22，頁786。

﹝註99﹞所謂「體貌」是指涉一篇作品或一家之作的整體「樣態」；「體式」

學創作，一旦實現爲作品，就沒有固定形式可言，只要是作者在進行創作時能「發人所不能發」，而「發人所不能發」是指作者在「感物」、「緣事」後所抒發之情感內容，「句法字法調法」則係作者利用語言文字、聲音或作品之「情志」所成風貌來表達出自己情感的方式，因此在形式、內容兼有情況下只要作者是「一一從自己胸中流出」，那麼作品便讓人有新穎奇特之感。故袁宏道才說袁中道作品：「大都獨抒性靈，不拘格套。」

　　由上看來，關於王世貞、袁宏道、江盈科等人之「眞詩」觀念是有所不同：首先在典範學習方面：王世貞認爲作者在創作之前必須熟讀、涵泳前人作品，從中領悟前人表現出來的情感、意義，接著便透過自己所領悟之情感表現於詩歌；袁宏道、江盈科則認爲如果詩歌寫作要參考前人作品，那麼便容易落入前人之窠臼，故他們表示只要作者是發自於自己內心的情感，所表達出來的就是詩歌。再者，在詩歌形式上，王世貞雖不反對作者「才」、「氣」之發揮，但還是必須遵照前人的格調爲創作準則；袁宏道、江盈科則指出只要是「眞詩」，便可不用拘泥於前人留下來之格律、法則，故袁宏道稱袁中道作品：「獨抒性靈、不拘格套」，並在此觀念下他也認爲民

可就一家之作而言，可就某一文類而言，亦可超越一家一類而就普遍的美感形相而言，但卻都必須具有「範型性」；另外，其亦可用以指涉文章之「形構」者，不過這種「形構」並不指個別具體作品之文字修辭，即不指「意象性形構」；而指某一文類先於個別作品之規格化的「基模性形構」，義近於「體裁」、「體製」；不過，它比「體裁」、「體製」更強調其範型性、規格性，因此它必須兼合著文類「形構性」的「體裁」，以及作家作品「樣態性」的「體貌」二個要素，再加上「範型性」此一規定，才是完整的涵義；「體格」則有時指文類之「體格」，其義與「體式」爲近；有時也可指個人或時代作品的「體格」，其義與「風格」爲近，並且往往會特別顯化其高下品第的評價義，此就必須循上下文脈而詮定，但若以後設批判的立場來看「體格」一詞的涵義，並依據「格」字應有樣態、規範、差等三義，則「體格」一詞當指某作家依某文類之形構表現爲一種可爲範型並具某一品第的作品樣態。詳細內容可見顏崑陽，〈論「文體」與「文類」的涵義及其關係〉，頁 26～37。

間詩歌爲「真詩」。最後是情感方面，上文談到王世貞稱讚鄒迪光之詩歌無論在情感、韻味、聲調、詩歌整體美上都有相當不錯的成就，甚至還兼容多家而轉出自己面目，故曰：「蓋有眞我而後有眞詩。」當中他的情感是「和平粹夷」，可見在詩歌情感上，王世貞認爲詩人必須有理性、節制的表現出其情感，所以他才說：「夫格者，才之禦也；調者，氣之規也。」就是要以「格」、「調」來規範作者「才」、「氣」過度的發揮；至於袁宏道、江盈科則表示詩人以詩歌表達自己的情感時，可以抒發自己生活上的不得意，如袁中道之詩歌。故可以發現在詩歌情感表現上，他們認爲詩人不須經過社會規範，不忌諱私生活之表達，如私人故事、私人情趣、私人七情六慾等，〔註 100〕所表現出來的感情眞實又能感人，此便是「真詩」。而在此觀點下，袁宏道欣賞民間詩歌原因即在情感表現上他們能「任性而發，尚能通於人之喜怒哀樂嗜好情欲，是可喜也。」

第四節　小　結

　　綜合上述，王世貞、徐渭、袁宏道與江盈科等人所面對的文學環境就是復古趨勢而至於末流，弊端叢生之時，但這並不表示他們完全反對復古，相反的，當中王世貞與江盈科還特別讚賞李夢陽與李攀龍的復古之功，如江盈科就談到：「本朝論詩，若李崆峒、李于鱗，是謂其有復古之力。」既然如此，何以當時寫作上作者只是模擬剽竊而沒有感情在其中呢？主要是因爲復古派雖然提出了詩文學習典範，但其末流者卻沒有深入熟讀、涵泳這些作品，甚至把擬古當作復古，如袁宏道就批評：「復古是已，然至以剽襲爲復古。」江盈科云：「我朝詞人，乃取其題目，各擬一首，名曰復古。」因此在

〔註 100〕　在袁宏道之前，王世懋、屠隆、李維楨等人也使用「性靈」意義，但其與袁宏道所言「性靈」有所不同，可見陳文新著，《明代詩學的邏輯進程與主要理論問題》（武漢：武漢大學出版社，2007 年 8 月），頁 85～88。

詩歌內容、形式上便只是「用於格」、「鳥之爲人言矣」、「強而命辭」等，而沒有作者的感情在其中，那麼以此來看，「復古」與「模擬」之差異究竟何在？周質平對此就提到：「『復古』與『模擬』基本上是兩回事。『復古』是一種判斷價值，認爲古優於今，今人當以古作爲典型與模式；而『模擬』則屬於創作技術上問題，相信模仿是創造前的必經之路。『復古』是目的，『模擬』只是達此目的之手段。」〔註101〕

　　既然如此，那麼要如何在前人作品中轉出自己面目，而不會流於剽竊模擬呢？王世貞等人認爲必須要先透過涵泳、熟讀前人作品才能了解當中作者表達之意，因此王世貞提到：「今宜但取三百篇及漢魏晉宋、初盛唐名家語熟翫之，使胸次悠然有融浹處，方始命筆。」徐渭曰：「融會六經及先秦諸子諸史，……；姑爲近格，乃兼併昌黎、大蘇，亦用其髓，棄其皮耳。」江盈科提到：「吾以爲善作詩者，自漢魏盛唐之外，必遍究中晚，然後可以窮詩之變。」此處可以察覺，當他們以前人作品爲典範時，皆透過深入的涵泳、閱讀，故常與前人作品表達之情感融合；另外，從他們所言之學習典範來看，除了復古派提出的「文必秦漢，詩必盛唐」外，他們認爲其他詩人、作品甚至時代也是值得學習，如《詩經》、初唐、中晚唐、韓愈、蘇軾等，當然這牽涉到個人喜好問題，但重點爲他們皆能涵泳、熟讀，因爲透過閱讀便能從前人作品中觸發自己的情感，也就是王世貞與徐渭所談之「興」，並與前人作品中之感情會通，那麼在這種情況下便能轉出自己的面目，而涵泳、熟讀這一過程便也是一種「感物起情」、「緣事而發」之「寫作動機」，故劉勰也曾提到作者必須先廣博地瀏覽、精細的閱讀，然後抓住要義加以吸收、掌握關鍵，並憑著自己的感情與前人作品會通，如此便是卓越的作品了。〔註102〕

〔註101〕 周質平著，《公安派的文學批評及其發展──兼論袁宏道的生平及其風格》，頁10。
〔註102〕 「是以規略文統，宜宏大體，先博覽以精閱，總綱紀而攝契；然後

　　由此看來，在文學寫作上應以「創新」爲終極目的，然而其過程卻又必須「參固定法」，才能使「創新」不致訛變而失常，這才是學古的理論依據，但「創新」又不是漫無目的，而是需要「法」爲其規範作用；「模擬」非一味「剽竊」與「照本宣科」，亦應有所「變」。〔註103〕如劉勰就談到：「論文之方，譬諸草木，根幹麗土而同性，臭味晞陽而異品矣。」〔註104〕也就是前人作品形式、內容都已經固定了，如草木根幹長在土裡一樣是無法改變，唯一能變的即是後人如何從前人作品中作出不同之風格，如袁宏道的文學觀就有「風格之變」與「體製之變」兩種，不過當他講求「變」的同時也離不開「時」，也就是文學應隨著時代的演進發展，而不是剿襲古人作品。〔註105〕

　　了解閱讀過程在復古所產生的效用後，接下來便是實際寫作部份，當作者閱讀前人作品產生情感後該如何表現於詩歌呢？當然，上文已經提及，針對詩歌的本質——「抒情」王世貞等人也是同意的，如王世貞稱讚張公：「作詩緣性情，發能爲唐人調。」徐渭說：「古人之詩本乎情，非設以爲之者也，是以有詩而無詩人。」袁宏道云：「詩者，因人情之所欲鳴。」無論是就古人或今人而言，詩歌之抒情本質在他們觀念裡是不變的，而我們也提過，所謂的「眞詩」即指「眞正的詩」，其相對於沒有情感之「僞詩」，那麼王世貞、袁宏道、江盈科所言「眞詩」該如何創作呢？其義涵又爲何？

　　關於此，前文已經論及，王世貞所言之「蓋有眞我而後有眞詩」，

　　拓衢路，置關鍵，長轡遠馭，從容按節，憑情以會通，負氣以適變，采如宛虹之奮鬐，光若長離之振翼，迺穎脫之文矣。」〔梁〕劉勰·周振甫注，《文心雕龍注釋·通變》，頁570。

〔註103〕有關模擬的類型、必要性、現象等，可詳見顏崑陽：〈論「典範模習」在文學史建構上的「連漪效用」與「鏈接效用」〉，收入《建構與反思－中國文學史的探索學術研討會論文集》（下）（台北：臺灣學生書局，2002年7月），頁787～833。

〔註104〕〔梁〕劉勰·周振甫注，《文心雕龍注釋·通變》，頁569。

〔註105〕關於袁宏道文學觀「時」與「變」的關係可見田素蘭著，《袁中郎文學研究》（台北：文史哲出版社，1982年3月），頁105～115。

就是希望作者在寫作前能先熟讀、涵泳前人作品，然後「使胸次悠然有融浹處，方始命筆。」而在這種情況下，作者便能主動「用格者」而並非「用於格」，因此「眞我」即是作者透過閱讀融通前人作品之意後，所展現出來自己的情感，而在此觀念下，他便以曹子及鄒迪光爲例，讚許鄒迪光「有眞我而後有眞詩」。不過，王世貞談到當作者要以詩歌表達己意時，其又不能逾越古人之格調，因爲擔心作者自己的「才」、「氣」過度發揮，如他就說自己「盡意而工引事則不能無入出於格」而自我反省，故寫作上還是要遵守前人的「格」、「調」規範之，另外，既然爲「眞詩」，表示作者是出於自己的情感發抒，不過這樣的情感必須「和平粹夷」，也就是要溫和、純潔平和，可見王世貞認爲的「眞詩」雖是出於作者感情，但表現上還是得依循古人格調，而他所說的「眞」是以理性修養提升自我，超越內心憂患，形成曠達自適的理想人格；〔註106〕至於袁宏道、江盈科所說的「眞詩」則與王世貞不同，他們指出只要作者是發自於自己內心的情感，而表現出來之情又能夠感人，那麼這就是「眞詩」，故可以發現他們所認爲的「眞詩」創作是不須參考前人作品，甚至也不用拘泥於詩歌之外在形式，而於此觀念下，袁宏道便稱讚袁中道所作詩歌「獨抒性靈，不拘格套。」也就是說，袁中道所作詩歌完全依據主體感受的情境抒發，然後以文字直抒胸臆、自然流露，不雕琢詞藻或堆砌典故，甚至不拘於詩歌外在形式，故江盈科引袁宏道的話說：「以心攝境，以腕運心，則性靈無不畢達，是之謂眞詩。」

　　另外，除了袁中道之詩歌可以稱爲「眞詩」外，袁宏道認爲民間百姓所作詩歌也可算「眞詩」。因爲民間百姓能將自己生活中所見所聞之事直接抒發，而表現出來之情感是最眞實、自然的，且也沒有所謂的詩歌外在形式束縛他們，故袁宏道稱他們爲「無聞無識眞人」，此外，旁人還可從聲音了解其情緒，袁中道就曾對袁宏道說：

〔註106〕孫學堂，〈王世貞與性靈文學思想〉（《蘇州大學學報》第 4 期，2002年 10 月），頁 52。

「眞詩其果在民間乎！」而袁宏道自己也提到：「當代無文字，閭巷有眞詩。」

　　綜合袁中道與民間詩歌來看，袁宏道認爲「眞詩」所表現出來的是作者最直接之情感，而這情感正如他所言：「尙能通於人之喜怒哀樂嗜好情欲」，也就是可以抒發個人的愛惡好欲，即私人生活領域情感，而「眞」正顯示出作者主體「情眞」的訴求，可見公安派相當重視個人主體之表現。

　　準此，就王世貞與袁宏道之「眞詩」觀念來看，同樣是談詩歌抒情，可是針對學習古人、情感表現與詩歌外在形式方面是有不同的：前者認爲詩歌的寫作必須要參考前人作品，並要從中貫通前人作品之意，而當要以詩歌表現情感時，情感上不僅要「和平粹夷」，甚至須以古人「格」、「調」制約作者「才」、「氣」；至於後者則反對詩歌寫作參考前人作品，因他提到文學作品不應該有固定形式，只要作者係出自於自己內心情感且又能感人，那麼這樣的情感是不須壓抑，甚至形式上可「不拘格套。」因此他說：「文章新奇，無定格式，只要發人所不能發，句法字法調法，一一從自己胸中流出，此眞新奇也。」無論寫作前是否需要參考前人作品，只要是作者出於自己眞實情感，並又能感人，如此便是「眞詩」，如王世貞稱讚鄒迪光之詩歌；袁宏道讚賞袁中道與民間之詩歌。據此，我們以劉若愚對中國文學的總體情境來看，王世貞、袁宏道、江盈科所言之「眞我」、「性靈」與「眞詩」關係，其所重視的是作者和作品之雙向關係。

第四章　向古人求眞詩

　　既然王世貞、袁宏道、江盈科認爲只要作者能於詩歌中表現出個人主體，那麼如此便能算是「眞詩」。然而，同樣是「眞詩」，繼公安派後崛起以鍾惺、譚元春爲代表之竟陵派卻提出了不同的「眞詩」觀念，〔註1〕如鍾惺說：「眞詩者，精神所爲也。」此即代表他認爲的「眞詩」是必須透過「精神」所作，不僅如此，鍾惺還進一步指出「眞詩」之創作者，他在〈詩歸序〉中分別提到：「不求古人眞詩之過也」與「第求古人眞詩所在。」關於求與不求原因留待後文處理，但此處卻可以發現鍾惺把「眞詩」之創作者指向古人，也就是說，古人由於是

〔註 1〕雖然竟陵派是由於鍾惺與譚元春皆爲竟陵人而得名，但鍾惺本身並不想要自成一派，他提到：「近相知中有擬鍾伯敬體者，予聞而省惕者至今。何則？物之有迹者必敝，有名者必窮，昔北地、信陽、歷下、弇州，近之公安諸君子，所以不數傳而遺議生者，以其有北地、信陽、歷下、公安之目，而諸君子戀之不能捨也。……煩穉恭語元長，請爲削此竟陵之名與迹。」內容詳見〔明〕鍾惺著‧李先耕‧崔重慶標校，《隱秀軒集‧潘穉恭詩序》（上海：上海古籍出版社，1992 年 9 月），卷 17，頁 267～268。內容大抵是他認爲一旦人事物有迹有名後，必有人稱譽並引起模仿而產生流弊。所以他便指出李夢陽、何景明、李攀龍、王世貞甚至公安派等人標榜門戶後產生之影響，而在此情形下，當他知道自己的詩歌逐漸被人當模擬對象時，他要求潘穉恭轉達戴元長「請爲削此竟陵之名與迹」，即使如此，「竟陵」之名還是未因此消除。另外，必須指出文中所言之「鍾伯敬體」中的「體」係指「體貌」。

以「精神」去寫作詩歌，故在鍾惺眼中此便是「眞詩」，另外，與鍾惺、譚元春交情甚篤的蔡復一，〔註2〕他則提到：「詩而不可樂，非眞詩也。」當中「樂」並非指「音樂」，而爲「有規律而和諧動人的聲音」。

　　面對這樣的「眞詩」觀念變化，便進一步追問，爲何鍾惺要提出「古人眞詩」觀念？當中所言「古人」是否有特定對象？其與復古派提出之典範差異何在？另外，古人「精神」是指什麼？其與公安派所言之「性靈」差異何在？另外，當時作者是否能由其所言之「古人眞詩」中作出當代「眞詩」？而蔡復一何以認爲沒有「樂」便不能稱做「眞詩」？針對這些問題，皆是本章所要探討的。

第一節　古人「眞詩」是什麼

　　上文已經談及，既然鍾惺認爲古人是以「精神」作「眞詩」，那麼就必須先了解其所言古人是否有特定對象？而當中古人「精神」又係指什麼？

一、古人是否有特定對象

　　首先，針對鍾惺所認爲的作「眞詩」之「古人」是誰？他曾於〈詩歸序〉中提到：

> 書成，自古逸至隋，凡十五卷，曰《古詩歸》。初唐五卷、盛唐十九卷、中唐八卷、晚唐四卷，凡三十六卷，曰《唐詩歸》。〔註3〕

此處「書」即指《詩歸》一書，〔註4〕他在〈詩歸序〉開頭便說：「選

〔註2〕蔡復一，字敬夫，同安人。其與鍾惺、譚元春之交誼可見陳廣宏著，《竟陵派研究》（上海：復旦大學出版社，2006年8月），頁250～261。

〔註3〕〔明〕鍾惺著・李先耕・崔重慶標校，《隱秀軒集・詩歸序》，卷16，頁237。

〔註4〕《詩歸》一書大致於萬曆四十三年（西元1615年）完成，其成書過程可見許璧如撰，《鍾惺詩學理論研究》（高雄：國立中山大學中文

古人詩而命曰《詩歸》。」〔註5〕由此看來，《詩歸》即是一本古人詩之選集。而從這段文字中可以察覺，其所選之內容分成兩部分：一部分爲《古詩歸》，其所選範圍「自古逸至隋」，總共十五卷，當中所謂之「古逸」是指未加纂輯的古詩；另一部分則爲《唐詩歸》，分別由「初唐五卷、盛唐十九卷、中唐八卷、晚唐四卷」所組成，共三十六卷。〔註6〕

　　據此，從鍾惺編《古詩歸》與《唐詩歸》而成《詩歸》一書便可得知，他所謂之「古人」是有指涉對象的。然則，這裡產生兩個疑問：既然是古人詩選本，何以要取名爲《詩歸》？另一個則係，以他所選《古詩歸》、《唐詩歸》來看，是否表示隋代以前與全唐人的詩全選？關於第一個問題，鍾惺提到：

> 選古人詩而命曰《詩歸》，非謂古人之詩以吾所選爲歸，庶幾見吾所選者以古人爲歸也。引古人之精神以接後人之心目，使其心目有所止焉，如是而已矣。昭明選古詩，人遂以其所選者爲古詩，因而名古詩曰「選體」，唐人之古詩曰「唐選」。嗚呼！非惟古詩亡，幾併古詩之名而亡之矣。何者？人歸之也，選者之權力能使人歸，又能使古詩之名與實俱狗之，吾其敢易言選哉？〔註7〕

由這段話當中可以得知，《詩歸》雖是古人詩之選本，但鍾惺指出他所選的詩歌是以古人爲依歸而非鍾惺本身決定，然而，此兩者差異何在？他以蕭統《昭明文選》爲例，他表示《昭明文選》內所選之古詩，已經成爲一種風格體製的定型，即所謂「選體」，而當讀者在閱讀時容易以爲其所選作品才是古詩，一旦觸及別的作品便會有閱讀「選體」

　　　　研究所碩士論文，2006 年 6 月），頁 80～85。
〔註 5〕〔明〕鍾惺著・李先耕・崔重慶標校，《隱秀軒集・詩歸序》，卷 16，頁 235。
〔註 6〕關於鍾惺所選《古詩歸》與《唐詩歸》分卷狀況、所選詩人、詩數等整理，可見許璧如撰，《鍾惺詩學理論研究》，頁 164～173。
〔註 7〕〔明〕鍾惺著・李先耕・崔重慶標校，《隱秀軒集・詩歸序》，卷 16，頁 235～236。

之經驗，而以此標準來判斷其他作品的體製，所以當讀者看見唐人之古詩，便認爲它們別出一類，而產生了「選體」與「唐選」之分，於是在這種情形下鍾惺便感概古詩之名與實皆喪失，而之所以會發生《昭明文選》這樣的狀況，他認爲原因在於編選者權力之大，一方面能使讀者以其所選詩作爲依歸，另一方面則是讓古詩名與實完全順從選者的標準，故曰：「選者之權力能使人歸，又能使古詩之名與實俱狥之。」由於有如此的認識，鍾惺便不敢隨意將選本稱爲「選」而謂之「歸」，猶如他所言：「吾所選者以古人爲歸也。」這便爲《詩歸》一名之由來。另外，還必須指出，鍾惺編選《詩歸》除了以古人爲依歸外，其目的則是要「引古人之精神以接後人之心目，使其心目有所止焉」，可見他所選之《古詩歸》與《唐詩歸》中的作者皆是以「精神」所爲，正符合他所說：「眞詩者，精神所爲也。」而在這觀念底下，他便要以此讓其與後代讀者連成一體，使讀者與古人之心中感受、想法一起傳播，故他提到：「古今人我，心目爲之一易。」〔註8〕

明白《詩歸》一書之命名原因與其編選目的後，便要進一步追問，關於《古詩歸》與《唐詩歸》中所選作者是否有特定對象？對此，譚元春曾提及：

> 凡素所得名之人，與素所得名之詩，或有不能違心而例收者，亦必其人之精神止可至今日而不能不落吾手眼，因而代獲無名之人，人收無名之篇，若今日始新出於紙，而從此誦之將千萬口，即不能保其誦之盈千萬口，而亦必古人之精神至今日而當一出，古人之詩之神所自爲審定安置，而選者不知也。〔註9〕

這裡譚元春指出《詩歸》選詩時之兩種情況：一種是歷來負有盛名的詩人、作品，即「素所得名之人」、「素所得名之詩」；另一種則爲沒

〔註8〕〔明〕鍾惺著・李先耕・崔重慶標校，《隱秀軒集・詩歸序》，卷16，頁237。
〔註9〕〔明〕譚元春著・陳杏珍標校，《譚元春集・詩歸序》（上海：上海古籍出版社，1998年12月），卷22，頁595。

有名氣之詩人、詩作，即「無名之人」、「無名之篇」。但何以會出現
這兩種選詩情況呢？關於前者，譚元春認爲既然是極負盛名的詩人、
作品，則「或有不能違心而例收者」，此即是說，當鍾惺與譚元春在
進行選詩時，對歷來有名之詩人、詩作同樣沒有二心的選入，主要原
因是由於那些作者、作品之名有其特色才能流傳到今日，而此特色即
爲那些作者、作品所表現出來之「精神」，此正符合他們的選詩標準，
故曰：「其人之精神止可至今日而不能不落吾手眼」；至於鍾惺與譚元
春何以要選沒有名氣之詩人與作品？譚元春表示：「今日始新出於
紙，而從此誦之將千萬口」，也就是他要重新刊刻印行這些作品，讓
世人熟知那些無名詩人和作品，即使無法「保其誦之盈千萬口」也要
使其「精神」在《詩歸》中展現出來，可見那些無名詩人及詩作在他
們眼中也表現出了「精神」。接著他提到：「古人之詩之神所自爲審定
安置，而選者不知也。」這裡則如同鍾惺提到：「所選者以古人爲歸
也」，此意也就是再次強調他們所言之古人詩歌是以古人爲依歸，這
是其他編選者所不了解的。

　　另外，針對那些選錄詩人之身分與選其作品原因，鍾惺說：
　　　不孝平生好搜剔幽隱詩文，上自公卿，下至皁隷，凡其一
　　　言之卓然可待而無名於世者，必欲使天下後世知之而後
　　　已。〔註10〕
首先鍾惺提到他「好搜剔幽隱詩文」，也就是其所選詩文是那種內容
情感上曲折不明顯、深藏不露的，至於愛好原因留待下文處理。另外，
在詩人身分方面可以察覺，他所選爲「上自公卿，下至皁隷」，即詩
人身分最高者是皇帝，至低者有農夫與皁隷等，此便泛指社會地位低
下之人。不過，身分高低並非鍾惺選錄標準，而是在於「凡其一言之
卓然可待」，此也就是說，只要那些詩人的作品當中有一句話特別突
出、可讓人有所依托，才是鍾惺選錄的原因，故在此觀念下，即使是

〔註10〕〔明〕鍾惺著・李先耕・崔重慶標校，《隱秀軒集・復陳鏡清》，卷
　　　28，頁488。

無名詩人，也要讓後人知道他的名字與詩作，因爲其目的如譚元春所言：「必古人之精神至今日而當一出。」

總括上述來看，可以發現關於《詩歸》一書所選內容、標準等，是由鍾惺與譚元春共同所編選、制定的。而鍾惺之所以「選古人詩而命曰《詩歸》」，係因爲他知道以一本選本來說，選者所選之內容與其觀點足以影響後人，如他提到的《昭明文選》便是一例，由於有這樣的認識，他云：「吾所選者以古人爲歸也。」即所選詩歌皆以古人爲依歸。另外，從鍾惺、譚元春所著之《詩歸》中可了解，其所言之「古人」是有指涉對象的，即隋代以前和唐代之詩人、詩作，不過針對這些詩人、詩作並非整個時代皆包括，當中還是有所選擇：一種是歷來極負盛名的詩人、作品；另一種則爲沒有名氣之詩人、詩作，至於身分係「上自公卿，下至皂隸」，然則，不管何者，鍾惺、譚元春選錄之焦點皆在於以「精神」作爲審定標準，而其目的是要「引古人之精神以接後人之心目」、「必古人之精神至今日而當一出。」

二、何謂古人「精神」

明白鍾惺與譚元春編選《詩歸》之目的後，接著便要進一步追問，古人「精神」之意爲何？而其與公安派所言之「性靈」差異何在？另外，鍾惺提到：「眞詩者，精神所爲也。」「精神」與「眞詩」的關係又是什麼呢？

（一）「精神」之意爲何

上文談到既然鍾惺及譚元春皆認爲「眞詩」是由古人所創作，那麼，他們如何得知的呢？不過，在此之前須先說明，雖然鍾惺認爲「眞詩者，精神所爲也」，但在第一章中曾談及，所謂「眞詩」係指「眞正的詩」，也就是詩歌的本質爲「抒情」，故鍾惺雖言「眞詩者，精神所爲也」，但他並未忘記詩歌之「抒情」功能，他曾於〈陪郎草序〉中說：

> 夫詩，道性情者也。發而爲言，言其心之所不能不有，非
> 謂其事之所不可無，而必欲有言也。以爲事之所不可無，

　　而必欲有言者，聲譽之言也。不得已而有言，言其心之所
　　不能不有者，性情之言也。〔註11〕

此處鍾惺指出詩歌係詩人以言語方式表現其情感與心意的，可見他是
相當肯定詩歌抒情功能。既然詩歌寫作是作者內心情感有宣洩抒發需
要而形成的產物，那麼此「情」的產生必經由觸物而起，且將這種「情」
形諸於文字，即是「為情造文」，故曰：「發而為言，言其心之所不能
不有」，此處「心」指的便是詩人之思想、意念、感情等，因此在這
種「感物起情」觀點下，鍾惺便稱：「言其心之所不能不有者」為性
情之言；假若作者心中完全沒有任何「情感」之產生，僅感「事」而
發，那麼其只是一首「敘事詩」而不是「抒情詩」，不過，這裡的「事」
並非指引發作者過去生活經驗而產生「情感」之外在環境，此「事」
鍾惺是泛指自然界和社會中的現象和活動，不一定要和作者的經驗有
關。故鍾惺認為作者若完全沒有「情感」的產生，僅為寫作而寫作，
詩歌便只不過是藉以沽名釣譽的工具罷了。由此可見，鍾惺係以「聲
譽之言」與「性情之言」來判斷作者寫作是否因「感物起情」。

　　另外，譚元春也表示：

　　詩以道性情也，則本末之路明，而今古之情見矣。〔註12〕

同樣地，譚元春也提到詩人是以詩歌表達情感的，而在此觀點下，他
還指出只要能了解「詩本性情」發生之原委、經過，今人與古人之情
便會顯露，也就是說，譚元春透過對「詩本性情」貫時性之認識，認
為古今是可以溝通的。

　　準此，可見針對詩歌之本質──「抒情」，鍾惺與譚元春皆持肯
定之態度。既然如此，接著便要探討他們所言「精神」之意為何？鍾
惺在「真詩者，精神所為也」後接著說：

　　察其幽情單緒，孤行靜寄于喧雜之中；而乃以其虛懷定力，

〔註11〕〔明〕鍾惺著‧李先耕‧崔重慶標校，《隱秀軒集‧陪郎草序》，卷
　　　　17，頁275～276。
〔註12〕〔明〕譚元春著‧陳杏珍標校，《譚元春集‧王先生詩序》，卷23，
　　　　頁613。

獨往冥遊于寥廓之外。〔註13〕

這裡「察」有觀看、知曉等意，因此我們明白鍾惺係經由觀看古人之「眞詩」得知他們是「精神所爲也」，至於該如何觀看呢？當然是去「閱讀」、「涵泳」古人作品。既然如此，那麼鍾惺所指出的古人「精神」之意爲何？關於「精神」已於前文提過，其可指人之主觀心靈及其作用與宇宙萬有形上實體之顯相，而若就鍾惺所言來看，其便係指古人之主觀心靈及其作用，即「幽情單緒」與「虛懷定力」，所謂「幽情單緒」是指古人在作品中表達出來的幽深、孤零之情緒；而「虛懷定力」則係古人面對外界事物表現出不爲其動搖之意志力和謙遜之心，由此看來，「幽情單緒」與「虛懷定力」是鍾惺透過閱讀古人詩歌所觀察到他們表現出來的內容，至於「孤行靜寄」和「獨往冥遊」則爲鍾惺分別以古人的「幽情單緒」、「虛懷定力」具體實現其所言之：「古今人我，心目爲之一易。」而所謂「孤行靜寄于喧雜之中」係指鍾惺體會古人之「幽情單緒」後，要以此情緒將自己獨特寂寞之情寄寓於喧鬧嘈雜塵世之中；至於「獨往冥遊于寥廓之外」則係以古人的「虛懷定力」精神獨自靜寂地遨遊於天地之間。

　　由此看來，「幽情單緒」與「虛懷定力」是鍾惺認爲之古人「精神」，甚至也可以說是譚元春所認同的。因此可以察覺古人「精神」是以「情」爲基礎所表現出來的產物；至於「孤行靜寄」和「獨往冥遊」便是閱讀者經由閱讀古人詩歌後，希望能藉其「幽情單緒」、「虛懷定力」達到「古今人我，心目爲之一易。」而無論是古人之「幽情單緒」抑或讀者「孤行靜寄」、「獨往冥遊」等皆可發現，鍾惺特別重視「個人」之「精神」表現，而在此基礎上，譚元春也提到：

夫人有孤懷，有孤詣，其名必孤，行於古今之間，不肯遍滿寥廓，而世有一二賞心之人，獨爲之咨嗟彷徨者，此詩品也。〔註14〕

〔註13〕〔明〕鍾惺著・李先耕・崔重慶標校，《隱秀軒集・詩歸序》，卷16，頁236。
〔註14〕〔明〕譚元春著・陳杏珍標校，《譚元春集・詩歸序》，卷22，頁594。

此處譚元春指出人只要有「孤懷」、「孤詣」，即所謂孤高之情懷以及
獨特的見識、獨到修養，那麼其名聲將能獨特突出、與眾不同，甚至
還能於古今之間行走，此意即鍾惺與譚元春所強調的，透過閱讀「古
人真詩」以藉此達到「古今人我，心目為之一易。」另外，由「孤」
來看，顯示出其所重視的為個人獨特性，故曰：「其名必孤，行於古
今之間，不肯遍滿寥廓。」接著他認為詩人藉由詩歌表現出其「孤懷」、
「孤詣」，此便係詩人或詩歌之風格基調，而這種獨特性情懷不期望
被大多數人所體會，只要「有一二賞心之人」能為其讚嘆、深入了解
當中的意味，這也就夠了。

　　綜合上述，鍾惺、譚元春都同意「詩本性情」，而在此觀點下，
無論是透過閱讀古人作品體會其精神抑或由個人表現，兩者同樣重視
個人獨特性，只不過為了表現出作者獨特性，他們往往將其導向
「幽」、「孤」、「獨」、「靜」等孤傲、幽澹之情緒，而在此觀點下，不
管他們自己的詩作或批評他人作品，甚至詩歌中所用物象，通常也都
帶有一種孤傲、幽深之感。〔註15〕然則，這裡產生一個問題，同樣重
視「個人主體」，其所謂「精神」和公安派之「性靈」差異何在？

（二）「精神」與「性靈」差異何在

　　上文提及鍾惺與譚元春皆重視古人、個人「精神」，即係「個人
主體」之表現，不過，除了「精神」外，其實譚元春也曾談到「性靈」，
他說：

> 夫真有性靈之言，常浮出紙上，決不與眾言伍，而自出眼
> 光之人，專其力，壹其思，以達於古人，覺古人亦有炯炯
> 雙眸，從紙上還矚人，想亦非苟然而已。〔註16〕

此處「夫真有性靈之言，常浮出紙上，決不與眾言伍」可以明顯看出，

〔註15〕可見陳文新著，《明代詩學的邏輯進程與主要理論問題》（武漢：武
　　　　漢大學出版社，2007年8月），頁240～245。另外，陳美珠，〈捉得
　　　　竟陵訣──鍾惺、譚元春詩作特色析論〉，《國立高雄師大學報》第
　　　　15期第2卷，2003年12月），頁407～411。
〔註16〕〔明〕譚元春著‧陳杏珍標校，《譚元春集‧詩歸序》，卷22，頁594。

譚元春這裡是從「作者」角度切入，其中「性靈」特別顯示出作者個
人與「眾」之差別，也就是和「群體」不同的獨特性，此意謂只要作
者是出自於內心情感之抒發，那麼作品便有個人精神在其中，且表現
出來的情感一定與眾不同，這即是作者的獨特性表現。接著，譚元春
便轉以「閱讀者」之角度去談其古人所作的「性靈」作品，他認爲讀
者是可以透過閱讀「以達於古人」的，不過前提讀者必須要具有鑑賞
的能力，然後「專其力，壹其思」，即在閱讀古人作品過程中，專心
致力地體會出古人欲表現出來的想法、意念等，那麼便能與古人感通
而發現其彷彿躍然紙上與讀者對話。

　　如此看來，譚元春所言之「性靈」和公安派相同，皆重視個人主
體情感表達。不過，我們若深究其內容，兩者看法還是有所差異：袁
宏道所指爲作者只要出於自己內心情感之抒發，表現上不受外在形式
束縛，那麼這便是個人之「性靈」；至於譚元春所謂的「性靈」雖也
是談作者，但其焦點卻爲閱讀者所感受到的古人「性靈」，也就是說，
若古人「眞有性靈之言」，只要讀者能在閱讀其作品時專心致力，便
能領悟出詩歌中古人的心緒、意念，甚至能與之感通，而此便是他和
鍾惺共同編選《詩歸》之目的：「引古人之精神以接後人之心目」、「必
古人之精神至今日而當一出。」因此，可以說譚元春所言的「性靈」
意近於「精神」，而這「精神」便是鍾惺提到的「幽情單緒」與「虛
懷定力」，它們必須透過今人之閱讀才能達到「古今人我，心目爲之
一易。」〔註17〕

　　另外，針對情感方面，公安派「性靈」和鍾惺、譚元春所言「精
神」或「性靈」表現出來的是兩種不同之情感：公安派認爲作者依據

〔註17〕孫立將這種情感稱爲「歷時性的眞性情」，他提到鍾、譚皆認爲：「『眞
　　　詩』既不是古人字句格調的簡單模擬，也不是常人所共有的一般性
　　　情（即某種理念或飲食男女等俗性情）；而是能自出眼光，又合乎古
　　　人精神的獨特的東西，用今人的話來說就是具有歷時性的眞性情。
　　　它既獨特，又具有歷史感，爲古今人所共有，是古今詩人眞性情的
　　　匯聚。」孫立著，《明末清初詩論研究》（廣州：廣東高等教育出版
　　　社，2003 年 6 月），頁 36。

「性靈」所表現的情感可以不須經過社會規範，不忌諱私生活之表達，如私人故事、私人情趣、私人七情六慾等；而譚元春的「性靈」，甚至可以說其與鍾惺所謂之「精神」，然則不管何者，鍾惺、譚元春皆認爲作者表現出來的情感必須透過閱讀古人作品，然後與其「精神」感通，不過當中的情感特點往往係「幽」、「單」、「孤」等，如上文所言，故在此觀點上，袁震宇、劉明今便指出：

> 公安派的性靈說是一種開放的、積極入世的、努力表現生活中多種情趣的文學觀；鍾、譚的性靈說則是內向的、避世的、一種靜觀默照式的孤懷幽詣。前者比較多地反映了晚明時期士人的世俗情趣，後者則表現了士大夫一種落寞的孤芳自賞的心境。〔註18〕

所以可以發現，縱使公安派與鍾惺、譚元春同樣重視個人主體表現，但在情感抒發上卻是相異其趣。

　　據此，綜合上述內容可以察覺，關於鍾惺與譚元春共同編選《詩歸》、命之爲「歸」、所選古人、古人「眞詩」與其精神義涵等原因、內容，幾乎都體現於《詩歸》一書。

第二節　爲何向古人求「眞詩」

　　明白鍾惺、譚元春「古人」所指對象與其「精神」內涵之後，接著，便進一步追問，爲何他們要提出「古人眞詩」的看法？另外，蔡

〔註18〕袁震宇・劉明今著，《中國文學批評通史・明代卷》（上海：上海古籍出版社，2007年4月），頁525。另外，陳萬益也就竟陵「精神」與公安「性靈」之差異提到：「大概來說，竟陵使用『精神』一語的內涵，和公安『性靈』並無大差別，他們皆由此肯定眞詩的產生，以與擬古派對抗。但是，在運用的時候，公安的『性靈』偏於自我的強調；竟陵的『精神』雖然兼指自己和古人，但說『古人精神』處還是多些。再者，竟陵說到『精神』，常以『幽』、『孤』、『靜』、『冷』等字眼爲其特性。這就是竟陵與公安出發點一致，最後不免南轅北轍的緣故，竟陵也就由此逐漸展開了它獨特的理論，而使後人不得輕易抹殺了。」陳萬益撰，《晚明性靈文學思想研究》（台北：國立台灣大學中文研究所博士論文，1977年6月），頁160。

復一何以要提及「詩而不可樂，非眞詩也」之觀點？他們所面對之文學環境是什麼？首先針對「古人眞詩」部分，鍾惺提到：

> 今非無學古者，大要取古人之極膚、極狹、極熟，便于口手者，以爲古人在是。使捷者矯之，必于古人外自爲一人之詩以爲異；要其異，又皆同乎古人之險且僻者，不則其俚者也；則何以服學古者之心？無以服其心，而又堅其說以告人曰：「千變萬化，不出古人。」問其所爲古人，則又向之極膚、極狹、極熟者也。世眞不知有古人矣。〔註19〕

從這段文字當中可以發現，鍾惺所處的文學環境爲當時人皆在「學古」，而於此情況下，鍾惺指出了他們「學古」所產生的弊病，即「取古人之極膚、極狹、極熟」，不過，在此要說明的爲，針對「學古者」，鍾惺是有指涉特定對象，他曾於〈再報蔡敬夫〉提到：「常憤嘉、隆間名人，自謂學古」，所謂「嘉、隆」便係指明世宗、明穆宗之年號——嘉靖、隆慶，因此，鍾惺所批評之對象則係復古派，故此意即他認爲復古派在「學古」上僅是「取古人之極膚、極狹、極熟」，所謂「膚」是就詩歌內容膚淺而言，也就是復古派在學習古人作品時，僅得到其表面文字意義，並沒有深入理解古人之意；「狹」此處係指範圍太過狹隘，此意即當復古派模習古人時，他們僅選擇特定時代而忽略其他優秀的作品、詩人；「熟」係指復古派學習前人作品中常見的體製、題目。因此在鍾惺看來，這些都是復古派學古時所產生之弊病，而他們卻認爲這些就是學習古人；接著，鍾惺提到：「使捷者矯之」，

〔註19〕除了〈詩歸序〉外，鍾惺於〈再報蔡敬夫〉中也提出類似看法及編《詩歸》之目的：「常憤嘉、隆間名人，自謂學古，徒取極膚極狹極套者，利其便於手口，遂以爲得古人之精神，且前無古人矣。而近時聰明者矯之，曰：『何古之法？須自出眼光。』不知其至處又不過玉川、玉蟾之唾餘耳，此何以服人？而一班護短就易之人得伸其議，曰：『自用非也，千變萬化不能出古人之外。』此語似是，最能縈惑耳食之人。何者？彼所謂古人千變萬化，則又皆向之極膚極狹極套者也。是以不揀鄙拙，拈出古人精神，曰《詩歸》，使其耳目志氣歸於此耳。」〔明〕鍾惺著・李先耕・崔重慶標校，《隱秀軒集》，卷16、卷28，頁236、頁470。

即把矛頭指向公安派，他提到他們「必于古人外自爲一人之詩以爲異」，此意謂公安派爲了矯正復古派之弊端，他們標榜在古人之詩歌外，反求主體自己來寫作詩歌，藉此表現出與古人不同的面目，此即公安派所提倡的「獨抒性靈」，但這種情形下，鍾惺指出其所產生之兩種弊病：一爲「同乎古人之險且僻者」，此也就是說，他們爲了要與古人異而提出「獨抒性靈」，反倒形成一種與古人相同奇險、怪僻之風格；另一個則係「不則其俚者也」，即過於淺鄙俚俗，這便是公安派提倡「必于古人外自爲一人之詩以爲異」所產生之兩種弊病。面對此情況，鍾惺說：「何以服學古者之心？」同時，他更指出公安派所言的「千變萬化，不出古人。」其實與復古派一樣，仍若入「古人之極膚、極狹、極熟。」鍾惺於是感慨：「世眞不知有古人矣。」而此也正是其與譚元春編選《詩歸》之動機。

另外，譚元春也同樣指出：

> 人咸以其所愛之格，所便之調，所易就之字句，得其滯者、
> 熟者、木者、陋者，曰：「我學之古人。」自以爲理長味深，
> 而傳習之久，反指爲大家，爲正宗。〔註20〕

此處譚元春認爲學古者多選擇「所愛之格，所便之調，所易就之字句」來作詩，當中「格」是指詩歌之格律，也可引申爲前人典範；「調」則係就人的風格才情或思想情感而言；「字句」當然即指前人作品中的字眼與句子。因此，由於學古者在作詩時往往遴選自己喜愛之對象學習，甚至以易於求取或理解之文句作詩，因此容易「得其滯者、熟者、木者、陋者」，所謂「滯」是就作品缺乏一種活力、生氣而言；「熟」即係指常見的體製、題目等；「木」則指表現出來的作品呆板、不活潑；而「陋」便係指粗劣、鄙陋之作品，由於產生了這些缺點，他們還向人說：「我學之古人。」可見譚元春認爲之所以產生「滯者、熟者、木者、陋者」等，都是由於學古者沒有深入閱讀古人作品而學到當中之「精神」，反而僅流於形式、內容上的剽竊模擬，故他提

〔註20〕〔明〕譚元春著·陳杏珍標校，《譚元春集·詩歸序》，卷22，頁594。

到：「夫滯熟木陋，……，今人以此數者喪精神之原。」〔註21〕另外，因爲學古者流於「滯者、熟者、木者、陋者」，他們還以爲表現出來的作品內容道理韻味深長，等到學習一段時間後，便把這些「滯者、熟者、木者、陋者」之作品、作者當作大家而奉爲正統。

準此，從鍾惺與譚元春之〈詩歸序〉可以看出，〔註22〕他們所面對的文學環境皆在「學古」，當然，他們並非反對「學古」，而是鍾惺和譚元春認爲復古派、學古者在「學古」上取了古人「極膚」、「極狹」、「極熟」、「滯者」、「陋者」等；另外，鍾惺更指出，公安派欲矯正之卻反倒又造成「同乎古人之險且僻者」和「不則其俚者也」兩種弊端，故面對這樣之情形，鍾惺、譚元春便提出所謂「古人精神」來挽救這樣的文學環境。然而，同樣是「學古」，何以復古派、學古者甚至公安派會出現這些弊病呢？對此，鍾惺指出：

> 詩文氣運，不能不代趨而下；而作詩者之意興，慮無不代求其高。高者，取異於途徑耳。夫途徑者，不能不異者也，然其變有窮也。精神者，不能不同者也，然其變無窮也。操其有窮者以求變，而欲以其異與氣運爭，吾以爲能爲異而終不能爲高。其就途徑窮而異者與之俱窮，不亦愈勞而愈遠乎？此不求古人眞詩之過也。〔註23〕

這裡鍾惺首先將詩文的發展當作一種文學「氣運」，其會隨著時代改變有所消長、盛衰，此外，由鍾惺所言之「不能不代趨而下」可以發現，他目前面對之文壇情況爲衰頹的，可是他認爲當今作詩者在講求詩歌意境、興味上，反倒隨時代演變而「求其高」，但鍾惺卻指出他們所謂的「高」不過爲「取異於途徑耳。」此處「途徑」係指從前人作品中學習作詩之技巧、方法等，然而，鍾惺表示這種學習古人方式

〔註21〕〔明〕譚元春著・陳杏珍標校，《譚元春集・詩歸序》，卷22，頁594。

〔註22〕鍾惺與譚元春雖同爲其所編選之《詩歸》作序，但實際上兩者寫定時間有先後順序：鍾惺寫於萬曆四十五年八月，譚元春則是萬曆四十五年十月，見許璧如撰，《鍾惺詩學理論研究》，頁81～85。

〔註23〕〔明〕鍾惺著・李先耕・崔重慶標校，《隱秀軒集・詩歸序》，卷16，頁236。

「終不能爲高」，此原因何在？他便先從作詩學習「途徑」或「精神」的差別來回答這問題。他認爲從「途徑」入手者，表現出來之手法勢必會因人而異，但在變化上它是有所窮盡的；反觀「精神」則不然，它同樣爲詩人思想、感情的抒發，但其展現出來之風貌卻是無窮無盡的。由此看來，「途徑」、「精神」便是詩人在前人作品中取其外在形式或內容上的差異，接著，鍾惺更進一步指出作詩學「途徑」所產生之弊病，他認爲那些企圖以「途徑」方式來挽救衰頹文學環境之人，此即指復古派、學古者甚至公安派，雖然他們作出來的詩歌手法相異，但「終不能爲高」，而且如果詩人僅就「途徑」去求新求變，終會有窮盡的一天，那麼當再作詩時便不免要絞盡腦汁，此反而容易讓內容過於深奧，另一方面則反應出，由於他們沒有深入閱讀前人作品，使得沒有「寫作動機」產生，便僅能就形式上剽竊模擬，刻意爲詩，此原因正如鍾惺所言：「此不求古人眞詩之過也。」因鍾惺提過：「眞詩者，精神所爲也。」而當中「眞詩」創作者便爲古人，故此情況下他表示應從「古人眞詩」中去學習作詩方法，也就是透過「閱讀」，詩人才能「其變無窮也。」

　　另外，在「詩文氣運，不能不代趨而下」觀念下，譚元春也指出：

　　　詩之衰也，衰於讀近代之集苦多，而作古體之詩苦少也。
　　　近代之集，勢處於必降，而吾以心目受其沐浴，寧有升者？
　　　子之不閱誠是也。予嘗恨古今爲詩之限，何以不詑古體，
　　　而止有律焉？雕之因之，又從而減其句之半以絕之，甚矣，
　　　其不古也！人生竭歲時，忘昏旦以求之，精力銷隕，於是
　　　而反以古詩爲餘，其不知甚者乃反以古詩爲易，大郊廟，
　　　小田野，將無眞聲之可存。〔註24〕

譚元春於這段文字裡指出了當時詩歌衰落之原因爲「讀近代之集苦多，而作古體之詩苦少也。」然而，他爲何以「磨鍊」多寡來區分「讀近代之集」和「作古體之詩」呢？當中「近代之集」是指什麼？首先，

〔註24〕〔明〕譚元春著‧陳杏珍標校，《譚元春集‧序操縵草》，卷23，頁625。

關於「近代之集」可從譚元春所言的「古體之詩」中去了解。他所謂「古體之詩」是指相對於近體詩的古體詩而言，另外，其又於後文提到：「予嘗恨古今爲詩之限，何以不訖古體，而止有律焉？雕之因之，又從而減其句之半以絕之，甚矣其不古也！」他認爲古今人在寫作詩歌時畫地自限，體製上只限於律詩，後來又從律詩中將其句數減半而成絕句進行寫作，不過無論何者，他們卻僅在寫作上雕琢字句，甚至還於形式上規定了其字句數、平仄等格律，這樣的情況之下，譚元春認爲何以不作字句數、平仄等毫無限制之古體詩？準此，譚元春所言「讀近代之集苦多」，主要是因爲現代人作詩前多從一些律詩、絕句之集子入手閱讀，才會專心於律詩、絕句之寫作。此外，他更指出「近代之集勢處於必降」，即意謂在文學環境衰落形勢下，「近代之集」價值也應該被貶低，這是受到友人熊伯甘「書無不閱者，惟不愛閱近代文集耳」[註25]之影響。最後他更批評那些把「古詩」地位貶低之人，他提到詩人在寫作生活中無時無刻都在想著如何作律詩、絕句，反倒使其精神、氣力消磨喪失，便把寫作古詩當爲一種多餘，甚至將之看作一種容易寫的詩體，於是譚元春感概：「大郊廟、小田野，將無眞聲之可存。」所謂「郊廟」是指朝廷郊廟之詩；「田野」則係一般庶民的詩歌，故此處「大郊廟、小田野」泛稱整個詩壇，故此意爲因古詩之地位被貶低，使整個詩壇沒有古詩之「眞聲」可存，所謂「眞聲」係指「眞正的聲音」，前文我們已經得知，聲音的產生是由作者之情緒而來，即所謂「聲情合一」、「聲隨情轉」，可見譚元春認爲古詩也

〔註25〕譚元春曾提到熊伯甘作品：「樂府、五言古十之六，合諸體十之四，帙中分數多寡，已可喜。觀其樂府。樂府以被管弦爲功，今未知何如也，不如取其離者，如〈牧童敲蓮〉、〈五祀歌辭〉之屬，則離者也，離而奇者也。觀其五言古，蒼以澹者有之，深以淳者有之，比興猶存、胎骨渾然。吾知其用心，吸其氣而上；不搖其波而使下，古詩手也，無不合也。吾猶望其稍離者，稍離則上矣。何吸之有乎！觀其諸體合離之間也。雖離亦知其從樂府、五言古而來者，庸病乎？予因而問伯甘，伯甘曰：『書無不閱者，惟不愛閱近代文集耳。』嗚呼！得之矣。」〔明〕譚元春著‧陳杏珍標校，《譚元春集‧序操縵草》，卷23，頁625。

可是一種表達情感的詩歌體製，而不僅限於律詩、絕句，此或許是他
與鍾惺共同在《詩歸》一書中選錄古詩之原因。

　　從上看來，鍾惺認為復古派、學古者甚至公安派之所以在學古上
產生弊病，是由於他們學習前人作品時並未先深入閱讀，因此便僅能
就其外在形式，即所謂的「途徑」去進行詩歌寫作，而無法完全掌握
其中的「古人精神」；譚元春則指出古詩在當時的文學環境中不被重
視，詩人反而不斷地致力於律詩、絕句之寫作，也難怪他提到與鍾惺
共同編選《詩歸》一書之目的為「必古人之精神至今日而當一出。」
而當中選錄古詩，即認為其亦有作者「精神」於其中，可見古詩也是
值得學詩者學習之體製。不過，儘管鍾惺和譚元春切入之角度相異，
卻可從兩者所言察覺，其除了同樣注重「古人精神」外，文學與時代
之關係亦是他們所重視的，也就是隨著時代改變，寫作詩歌之方法亦
應跟著變化。所以在此基礎上，鍾惺曾提到「勢有窮而必變」之觀念，
他云：

> 夫于麟前無為于麟者，則人宜步趨之。後于麟者，人人于
> 麟也，世豈復有于麟哉？勢有窮而必變，物有孤而為奇。
> 石公惡世之群為于麟者，使于麟之精神光焰，不復見于世。
> 李氏功臣，孰有如石公者？今稱詩者，遍滿世界，化而為
> 石公矣，是豈石公意哉？〔註26〕

所謂「于麟」、「石公」分別係指李攀龍和袁宏道。此處可以看出鍾惺
是肯定李攀龍的詩歌成就，他提到當李攀龍如日中天時，後學便盲從
地模習他的詩歌風格，使這種寫作詩歌之風氣日益嚴重，而李攀龍也
漸漸由於後學者之關係，其詩歌失去他本來之面目，因此，鍾惺認為
在李攀龍尚未成為一種獨特詩風前，其詩歌就應該學習之，而不是盲
目跟隨其名氣而學習，接著他提及：「石公惡世之群為于麟者」，也就
是袁宏道厭惡那些後學者皆模仿李攀龍詩歌，使得李攀龍之「精神光
焰」逐漸喪失且產生弊病，這並非李攀龍當時所期望的，而其中「精

〔註26〕〔明〕鍾惺著・李先耕・崔重慶標校，《隱秀軒集・問山亭詩序》，
　　　　卷17，頁254～255。

神光焰」係指其詩歌展現出強烈之個人神情意態，故在這基礎上，鍾惺便曰：「李氏功臣，孰有如石公者？」不過，鍾惺表示袁宏道雖替李攀龍掃除了後學學其詩歌所產生弊病之污名，但反倒自己卻也成為後學的學習對象，而這不是當初袁宏道本身所願意的，此正如鍾惺自己之作品被後人仿效並不願成為竟陵一派之意相似，故他說：「煩稱恭語元長，請為削此竟陵之名與迹。」由此可見，鍾惺是藉此指出了文壇一種趨炎附勢、剽竊模擬之風氣，故他曰：「勢有窮而必變，物有孤而為奇。」當中前者如上文所言，是談文學與時代之關係；至於後者則係針對獨特性而言，也就是說，事物因有獨特性才能顯出其特別，一旦淪為複製品後也就失去了本身特殊性。

因此，在「模擬」中求變化之觀念下，鍾惺又特別針對那些模擬前人作品，而沒有創新所產生之弊病提出批評，他曾在〈與王穉恭兄弟〉中說：

> 江令賢者，其詩定是惡道，不堪再讀。從此傳響逐臭，方當誤人不已。才不及中郎，而求與之同調，徒自取狼狽而已。……學袁、江二公，與學濟南諸君子何異？恐學袁、江二公，其弊反有甚於學濟南諸君子也。眼見今日牛鬼蛇神，打油定銨，遍滿世界，何待異日？慧力人於此尤當緊著眼。〔註27〕

所謂「江令」是指公安派成員之一江盈科。首先，鍾惺指出江盈科由於「才不及中郎，而求與之同調，徒自取狼狽而已。」此處「才」所言為江盈科本身之才能；「中郎」係指袁宏道；至於「調」則是袁宏道詩歌展現出來之風格才情或思想情感等，此意即江盈科的才能比不上袁宏道，他卻還在詩歌寫作上企圖表現出與袁宏道相同的風格，鍾惺認為其僅是「自取狼狽而已」，因此，這種情況下江盈科所作出來的詩，鍾惺表示：「定是惡道，不堪再讀。」其不僅詩作、名聲漸臭，甚至還影響後學。此外，他更進一步地以鳥瞰方式去談整個文學環境

〔註27〕　〔明〕鍾惺著・李先耕・崔重慶標校，《隱秀軒集・與王穉恭兄弟》，卷28，頁463。

之情況，他以為無論模習袁宏道、江盈科抑或李攀龍等後七子之作品，雖然取法對象不同，但同樣皆是「模擬」，不過，他特別指出：「學袁、江二公，其弊反有甚於學濟南諸君子也。」而當中之弊病或許就如鍾惺所提及，由於公安派標榜在古人詩歌外，反求主體自己來寫作詩歌，藉此以表現出與古人不同之面目，但此反倒造成「同乎古人之險且僻者」和「不則其俚者也」。之後他又表示當時社會上的詩歌為「牛鬼蛇神，打油定鋨」，所謂「牛鬼蛇神」是指內容荒誕不經的作品；至於「打油定鋨」則為一種內容俚俗諧謔、也不太講究格律之舊詩體。所以面對如此文學環境，鍾惺認為「慧力人於此尤當緊著眼」，此意即一位優秀的作者在作詩之前必須先重視這些問題。

　　準此，無論鍾惺是針對江盈科或學江盈科與袁宏道、學李攀龍等七子之人，當中可以察覺，他所批判的是只有「模擬」而沒有從中「變化」之文學寫作，故鍾惺曾提到當時整個文壇發展趨勢所產生之流弊，他云：

> 大凡詩文，因襲有因襲之流弊，矯枉有矯枉之流弊。前之
> 共趨，即今之偏廢；今之獨響，即後之同聲。此中機捩，
> 密移暗渡，賢者不免，明者不知。〔註28〕

鍾惺認為凡是在文章、詩歌寫作上，不管係「因襲」抑或「矯枉」皆會產生弊端，此原因何在？他表示：「前之共趨，即今之偏廢；今之獨響，即後之同聲。」其中「前之共趨，即今之偏廢」是指當後進者一窩蜂學習大家所謂之典範詩人、作品時，由於他們過於重視形式、字句上之模擬，使原作者詩歌表現出來之精神被掩蓋，此正如鍾惺所言，學「途徑」與「精神」之差異；至於「今之獨響，即後之同聲」則係說當今有人始開風氣成為「獨響」，之後因為步趨者眾，在寫作上僅是剽竊模擬，漸漸地又變成一片「同聲」。故整體來看，鍾惺指出了這種文學發展規律為暗中變化，此是「賢者」所無法倖免，而「明

〔註28〕〔明〕鍾惺著・李先耕・崔重慶標校，《隱秀軒集・與王稺恭兄弟》，卷28，頁463。

者」不能了解的，也就是無論「賢者」還係「明者」，當他們進行寫作時不是發生「因襲」要不即爲「矯枉」的弊端。據此，鍾惺並不反對「學古」，是因爲他對此寫作方式有所認識，故在「因襲」、「矯枉」之間，他並非由「途徑」學習前人作品，而是與譚元春共同提出了「古人精神」來挽救這種模擬之流弊。

綜合上述可以得知，鍾惺和譚元春當時所處的爲僅係從前人作品中模擬剽竊，而沒有求變化之文學環境。其中針對學古者，他們指出了那些模習者僅取古人之「極膚」、「極狹」、「滯者」、「熟者」等作品，另外，學李攀龍、袁宏道、江盈科等人之後學，甚至江盈科學袁宏道，他們也都提出批評，然而無論何者，其焦點都在於那些學詩者只取其「途徑」模擬而非「精神」，因爲他們認爲作詩由「途徑」入手便會「其變有窮也」，但若從「精神」則係「其變無窮也」，不僅如此，鍾惺還更就文壇一種人人學習當下流行詩人之作品提出批評，表示步趨者不斷地模擬其詩歌，使原作者之「精神光焰」不再，而這些即是他們提出「古人精神」之原因。故他們秉持著詩歌寫作求「變」的觀念，於是鍾惺對此便提及「勢有窮而必變」，意即文學寫作應隨著時代前進而有所改變。

最後，還要談談何以蔡復一要提出「詩而不可樂，非眞詩也」之觀念？其所言「眞詩」與「樂」的關係何在？而他所面對的文學環境又爲何呢？首先，關於蔡復一認爲的詩歌與音樂關係，他提到：

> 詩樂致一也。三百篇何刪哉？存其可以樂者而已。詩而不可樂，非眞詩也。音曰清音，感曰幽感，思以音通，音以感慧，而詩樂之理盡是矣。〔註29〕

蔡復一首先指出「詩樂致一也」，即早期詩樂是不分家的，此處「樂」是指音樂，〔註30〕，另外，他還以孔子刪《詩經》爲例，〔註31〕表示

〔註29〕〔明〕蔡復一，〈寒河集序〉，收入〔明〕譚元春著・陳杏珍標校，《譚元春集》，頁943。

〔註30〕先秦時代於「詩言志」的概念裡，其還可分爲四種：（1）獻詩陳志；（2）賦詩言志；（3）教詩明志；（4）作詩言志。其中在獻詩與賦詩

其目的只想保留可配樂之詩歌，而在此立場上，他認爲詩歌若無法搭配音樂，那麼便不能算是「真詩」，不過，要特別說明的是，當時《詩經》時代之詩歌雖有配樂，但經過如此久的歷史時間演變，其「音樂」早已喪失不可考，故此處他所指的「樂」爲有規律且又和諧動人之聲音，而關於詩歌「聲音」問題，經由前文已得知，由於作者之「情」先被外在客觀事物所引發，繼而其便進一步以「聲音」表達其情緒，故此情況下他提到：「思以音通，音以感慧」，所謂「思」便係指作者的心緒、意念等，此即意謂由於詩歌表現出來之「聲音」是透過作者所感受到的情感而來，且藉由其表達可讓他人了解作者之「情緒起伏」，故蔡復一表示讀者可透過詩歌的「聲音」理解作者之情緒，可見他也注意到詩歌的感人作用，因此其所言之「思以音通，音以感慧」是從「讀者」角度而言。不過，針對讀者去了解作者所表現出來的「情感」、「聲音」方面，蔡復一是有所限定的，首先，他認爲作者表露出來之「聲音」必須是悠揚嘹亮的聲音；而讀者必須以一種深沉感慨之「情感」去體會作者之「情」，此意近於鍾惺與譚元春所強調的「古今人我，心目爲之一易」。另外，他還指出：「幽感之於音，至矣，通乎神明往來之無間。」〔註32〕此也就是說，讀者若以「幽感」來感受詩人表現出來之「音」，那麼才能了解古人的精神並與之感通，於是在這種觀念下，他說：「詩樂之理盡是矣。」

　　由此看來，蔡復一所持看法與鍾惺、譚元春一樣，皆同意必須透過「閱讀」向古人求「真詩」，並以「幽深」之情感去感受古人之精

<hr>

的情境中，詩與樂之關係是緊密的，也就是說，詩與樂在春秋時尚未分家。內容可見朱自清著，《詩言志辨》（上海：華東師範大學出版社，1996 年 11 月），頁 1〜47。

〔註31〕關於孔子是否刪《詩》，歷來說法眾說紛紜，但根據黃懷信的研究，確定孔子並未刪定《詩》。見黃懷信著，〈從《詩論》看孔子是否「刪詩」〉，收入《儒家文獻研究》（濟南：齊魯書社，2004 年 12 月），頁 486〜497。

〔註32〕〔明〕蔡復一著，〈寒河集序〉，收入〔明〕譚元春著·陳杏珍標校，《譚元春集》，頁 943。

神，此處雖然蔡復一只針對詩歌與聲音之關係，其實此已顯示出他所面對文學環境是詩歌沒有情感，故我們便要進一步追問，他所面對的文學環境爲何？他在〈寒河集序〉云：

> 樂亡而稱詩者，離音而事藻，離感而取目，而眞詩危。存於人代。眾波沿接，持論益膚。一以爲摹古，一以爲運我，皆然矣，而皆未然。〔註33〕

由蔡復一所言之「摹古」及「運我」可察覺，其分別指復古派、公安派。而他認爲的「眞詩」應該是「詩樂致一也。」因此，當詩人在寫作詩歌時，若沒有依據自己的情感表現，那麼便只是於語言形式上雕琢而已，故曰：「離音而事藻」；另外，若讀者在閱讀時沒有以「幽感」去體會古人作品，那麼便只能了解其表面形式，而無法進一步領悟當中情感，故云：「離感而取目」，這種情形下，他便認爲「眞詩危」。接著他感慨當時文學環境就是如此情況，甚至「眾波沿接，持論益膚」，此意謂這種弊病一直沒有改善，即使有人發表主張，但也僅是相當淺薄並未深入探究，而他所指的對象即是復古派與公安派。

此外，鍾惺也提到詩歌與聲音之關係：

> 詩之爲教，和平沖澹，使人有一唱三歎，深永不盡之趣。
> 〔註34〕

此處可以發現，鍾惺將詩歌當作一種教育工具，也就是藉由詩歌的吟詠，不僅能讓人了解其中的興味，也可達到教化之功能，不過，鍾惺卻指出這種詩歌風格應「和平沖淡」，即要溫和、沖和淡泊。

總括言之，鍾惺、譚元春、蔡復一儘管針對了解古人精神之看法不同，但他們皆認爲只有透過「閱讀」才能領悟並與之感通，此觀點正是對應當時僅取「途徑」作詩之人而發。

〔註33〕〔明〕蔡復一著，〈寒河集序〉，收入〔明〕譚元春著・陳杏珍標校，《譚元春集》，頁943。

〔註34〕〔明〕鍾惺著・李先耕・崔重慶標校，《隱秀軒集・文天瑞詩義序》，卷18，頁281。

第三節　如何學習古人而創作「眞詩」

　　了解鍾惺、譚元春所面對之文學環境後，明白他們重視的是詩人必須在模擬前人作品中求「變」，而此「變」並非指詩歌外在形式，其係就前人詩歌中之「精神」而言，然則，進一步追問，該如何藉由「古人眞詩」作出當代的「眞詩」？關於此上文談到，鍾惺認爲的「古人眞詩」是因爲其皆以「精神」來創作，而這「精神」是他透過閱讀所得知，換句話說，要知道所謂的「古人眞詩」就必須先「多讀書」。當鍾惺的朋友王永啓要前往督學山東時，他們談到「正文體」之問題後，〔註35〕鍾惺接著說：

> 夫取士之文，使士子代《語》、《孟》、六經而爲言者也。蓋必平日博於讀書，深於觀理，厚於養氣，發而爲文，各有以見其才之所不相借，情之所不容已，神之所不可強，志之所不能奪者，而後可以言體。〔註36〕

從鍾惺所謂「取士之文，使士子代《語》、《孟》、六經而爲言者也」可以察覺，其正是指當時明代以八股文取士之科舉制度，當中《語》、《孟》、六經即爲考試科目。然而這裡先不論鍾惺對此制度之評價爲何，但能夠肯定的是，如果要在朝廷裡做官，勢必得熟讀這些古人作品，故他提到：「平日博於讀書，深於觀理，厚於養氣」，此意即平常就必須要博覽群書，不過閱讀時又並非走馬看花，而是得深究古人作品中所表達出來之道理，至於「厚於養氣」所指爲何？其中關於「厚」，一直是他與譚元春所期望達到的目標，譚元春說：「與鍾子約爲古學，冥心放懷，期在必厚，亦既入之出之、參之伍之、審之克之矣。」〔註37〕然則其內涵是什麼？留待後文處理。而所謂「養氣」指涉的爲培養個人的精神、精氣、品德等，也就是說，透過閱讀古人作

〔註35〕「言有聽之甚美，循而行之，可以無過，綜其實無裨於事者不可勝計。如近日取士所稱正文體之說，是其一也。」〔明〕鍾惺著‧李先耕‧崔重慶標校，《隱秀軒集‧送王永啓督學山東序》，卷19，頁305。
〔註36〕〔明〕鍾惺著‧李先耕‧崔重慶標校，《隱秀軒集‧送王永啓督學山東序》，卷19，頁305。
〔註37〕〔明〕譚元春著‧陳杏珍標校，《譚元春集‧詩歸序》，卷22，頁593。

品可藉以培養個人的精神，接著才能「發而爲文」，但鍾惺進一步表示詩人有了這些基礎後，要「見其才之所不相借，情之所不容已，神之所不可強，志之所不能奪者」，所謂「才」指的是古人天賦之能力、智慧等；「情」則係其因外界事物刺激所引發的心理狀態，如喜、怒等情感；「神」所指爲其展現出來之精神、神韻；至於「志」係指涉其欲表現的意向、抱負，故此意即鍾惺認爲無論何者，古人作品表現出來的皆有其獨特性，後進者是不能去模擬剽竊，正如他提及的「物有孤而爲奇」，所以在這觀念上，詩人只能經由閱讀前人作品，並從中自己體會、領悟，那麼便能從中轉出自己之面目，而非直接於形式上模擬古人，故鍾惺指出透過這些過程，最後就「可以言體」，也就是談「正文體」之問題，不過要特別提到的爲，所謂「正文體」的「正」有端正、整肅之意，而「文體」顧名思義即「文章之體」，其中「體」又有三義：（1）指文章之自身，即其本質與功能；（2）指文章之「形構」，即所謂「體裁」；（3）指文章之「樣貌」，即所謂「體貌」、「體式」或「體格」。〔註38〕然則，這裡「體」是指何者？鍾惺提到：「體者何？讀書、觀理、養氣，得其才情神志所在而已。」〔註39〕由此看來，他與友人所討論的「正文體」，也就是要探討如何端正文章風格之問題，即指文章「樣貌」。

　　準此，雖然鍾惺與友人主要係談正文體之問題，可是在此之前他認爲作者必須先閱讀古人作品，因爲藉由閱讀才能夠培養個人的精神、精氣，而在閱讀過程中還得進一步深究古人作品所表現出來的義理，如此便能了解古人「才情神志所在」，最後才可以「正文體」。另外，他還指出了「讀書」、「作詩」與「厚」之關係：

> 詩至於厚而無餘事矣。然從古未有無靈心而能爲詩者，厚出於靈，而靈者不即能厚。弟嘗謂古人詩有兩派難入手處：

〔註38〕顏崑陽，〈論「文體」與「文類」的涵義及其關係〉（《清華中文學報》第1期，2007年9月），頁40。

〔註39〕〔明〕鍾惺著・李先耕・崔重慶標校，《隱秀軒集・送王永啓督學山東序》，卷19，頁306。

有如元氣大化，聲臭已絕，此以平而厚者也，〈古詩十九
首〉、蘇、李是也。有如高巖峻壑，岸壁無階，此以險而厚
者也，漢〈郊祀鐃歌〉、魏武帝〈樂府〉是也。非不靈也，
厚之極，靈不足以言之也。然必保此靈心，方可讀書養氣，
以求其厚。〔註40〕

此處鍾惺首先指出了「厚」對詩歌的重要性，然而，其所言「厚」究
竟爲何？他曾提到：「夫詩，以靜好柔厚爲教者也。」〔註41〕其中「靜
好」語出《詩經·鄭風》：「琴瑟在御，莫不靜好。」〔註42〕此指夫妻
間平靜且和睦相處之意，其可引申爲一種清靜幽雅美好的心境；而「柔
厚」即爲溫柔敦厚，另外，他也曾就詩歌「新奇」與「深厚」來分析
其對讀者所產生之效果，他認爲「新奇」之作易入讀者眼目，但「深
厚」之作不僅意味深長，更由於它「無痕」，能使當中興味不易落入
讀者眼目，值得一讀再讀。〔註43〕由此可見，鍾惺認爲的「厚」不僅
指詩人「溫柔敦厚」之個性，亦可爲詩歌一種「深厚」的風格。那麼
「厚」從何而來？他認爲是「出於靈」，所謂「靈」曾於前文提過，
其可指人的精神及明白通曉之能力，可見「厚」是以人的精神爲基礎，
且兩者又是相互依存的，故曰：「靈者不即能厚。」在此基礎上，鍾
惺便提到：「然從古未有無靈心而能爲詩者」，也就是他認爲古人所作
詩歌必定由其「靈心」而來，「靈心」便指作者本身具有的聰慧心靈。
接著，他提到高孩之認爲「〈古詩十九首〉、蘇（蘇武）、李（李陵）」

〔註40〕〔明〕鍾惺著·李先耕·崔重慶標校，《隱秀軒集·與高孩之觀察》，
　　　　卷28，頁474。

〔註41〕〔明〕鍾惺著·李先耕·崔重慶標校，《隱秀軒集·陪郎草序》，卷
　　　　17，頁276。

〔註42〕〔漢〕毛亨傳·〔漢〕鄭玄箋·〔唐〕孔穎達疏，《十三經注疏·毛詩
　　　　正義·鄭風·女曰雞鳴》（上）（北京：北京大學出版社，1999年12
　　　　月），卷4，頁294。

〔註43〕「如我輩數年前詩，同一妙語妙想，當其離心入手，離手入眼時，
　　　　作者與讀者有所落然於心目，而今反覺味長；有所躍然於心目，而
　　　　今反覺易盡者何故？落然者以其深厚，而躍然者以其新奇；深厚者
　　　　易久；新奇者不易久也。此有痕無痕之原也。」〔明〕鍾惺著·李先
　　　　耕·崔重慶標校，《隱秀軒集·與譚友夏》，卷28，頁473～474。

和「漢〈郊祀鐃歌〉、魏武帝〈樂府〉」之詩歌是最難閱讀、學習的，因為前者「平而厚」；後者「險而厚」，所謂「平而厚」指的係一種不見波瀾起伏，自然且寧靜致遠的韻味；「險而厚」則是一種以奇險又跌宕變化的方式表達出韻味。然而，無論何者，可見就「厚」而言，其表現出來之韻味可以有所不同，但其又離不開「深厚」。而針對這些高孤之所言之詩人、作品，鍾惺便提到：「非不靈也，厚之極，靈不足以言之也。」他表示這些作品並非沒有精神，而是它們除了已經融入作者的生命體驗外，其中還有當時之時代背景及社會情緒，而藉詩歌表達出深刻的情感，故表現出來便有非常深厚的蘊藉，所以「靈不足以言之也。」由上看來，「厚」確實是鍾惺認為詩歌要達到的境界，其中又是以「靈」為基礎，故他提及：「必保此靈心，方可讀書養氣，以求其厚。」此意謂如果詩人的作品欲「求其厚」，就勢必得藉由「讀書養氣」才能達到，因此，「厚」又可指讀書所累積而成的廣博知識，《廣韻·厚韻》：「厚，廣也。」〔註44〕

　　總括上述，鍾惺認為既然要知道「古人眞詩」所在，就必須多閱讀古人作品，並且深究當中的義理，如此便可得知其「才情神志所在」，這也是鍾惺與譚元春編《詩歸》之目的：「引古人之精神以接後人之心目。」另外，鍾惺也指出了閱讀可產生之效果，也就是不僅可以培養個人深厚的精神、精氣、品德，即「厚於養氣」，甚至又能累積廣博之知識。故於此基礎上，他所重視的便為「厚」，而他也將此觀念運用於文學寫作與批評上，他提過：「詩至於厚而無餘事矣。」此時鍾惺所言「厚」不僅指詩人「溫柔敦厚」之個性表現，亦可為詩歌一種「深厚」的風格呈現，然則，詩人和詩歌能產生這種個性、風格是由於個人透過閱讀而來，故曰：「厚出於靈」、「讀書養氣，以求其厚」，其中，可將「讀書養氣」看成一段詩歌寫作學習過程，即是「學」，也就是「厚」的形成可以「靈＋學→厚」公式表示。〔註45〕

〔註44〕〔宋〕陳彭年，《校正宋本廣韻·厚韻》（台北：藝文印書館，2004年9月），頁325。

〔註45〕「靈、厚與學三者間的關係，譬如單行道，靈是起點，厚是終點，

此外，他還指出詩歌在求「厚」的根本上，其又能產生「平而厚」或「險而厚」等韻味，故大抵來看，「厚」於鍾惺觀念裡有兩個涵義：一是指詩人本身所具有的淵博學識和深厚的性情；另一個則爲詩歌本身的氣象、風格要深厚圓潤。〔註46〕

　　準此，鍾惺是相當重視「讀書」，因爲他表示其不僅可以充實自己，亦爲「學古」的必要條件，故當詩人在進行詩歌寫作時，他便從不同的角度去談而將「學」的重要性明確凸顯出來：

> 人之爲詩，所入不同，而其所成亦異。從名入、才入、興入者，心躁而氣浮。躁之就平，浮之就實，待年而成者也。從學入者，心平而氣實。平之不復躁，實之不復浮，不待年而成者也。……學之所至，足以持其名、其才、其興；而名與才與興不能自持，故其所成異也。〔註47〕

此處鍾惺指出當時詩人在寫詩時，各自選擇不同方面入手，即「名」、「才」、「興」、「學」，所謂「名」指的爲享有盛名之詩人；「才」係指作者本身的才能；至於「興」則是指詩人的個人情致、趣味；「學」即是就其學問而言，由上看來，無論從何者入手寫詩，皆顯示出此是詩人自己所選擇、決定的。另外，由於作者切入點之不同，而其成就

連接兩點的直線便是學的過程。鍾譚兩人的創作觀大致可以下的公式表示：靈＋學→厚」見邵紅，〈公安竟陵文學理論的研究〉（《思與言》第12卷第2期，1974年7月），頁21。

〔註46〕陳敏，〈"靈"而"厚"的創作要求——從《詩歸》看竟陵派的詩論〉（《濟南大學學報》第14卷第3期，2004年），頁51。另外，也有不同學者從不同角度談鍾、譚所言之「厚」：如鄔國平，以厚的內容大致包括：「（一）體現溫柔敦厚、主文譎諫的儒家詩教；（二）能把眞摯深厚的感情和豐富充實的內容渾然融爲一體，使詩歌具有無窮的興味和較強的内聚力；（三）具有言簡意賅、語短義豐的藝術特色。」鄔國平，《竟陵派與明代文學批評》（上海：上海古籍出版社，2004年），頁100。王頌梅：「厚的意義，具體來說有三：一是語意深厚，二是氣勢渾厚，三是指人格情感的厚道。」王頌梅，《明清性靈詩說研究》（台北：私立東吳大學中文研究所博士論文，1990年），頁487。

〔註47〕〔明〕鍾惺著・李先耕・崔重慶標校，《隱秀軒集・孫曇生詩序》，卷17，頁270。

也會隨之相異，故曰：「人之爲詩，所入不同，而其所成亦異。」然而，當中卻察覺鍾惺僅單獨標榜「學」，他何以要這樣區分呢？因他認爲「從名入、才入、興入者」，容易「心躁而氣浮」；但若係「從學入者」，那麼則會「心平而氣實」，也就是說「名」、「才」、「興」三者相較於「學」來說，顯得沒有依傍，因爲其除了是按照詩人自己喜好遴選外，在寫作上也僅爲剽竊模擬、徒有形式，反觀「學」則不然，上文提到鍾惺表示透過閱讀不僅能增加自我的知識、培養個人品德外，更可藉此了解古人「才情神志所在」，所以在由「學」入與否觀點上，前者於情緒上易心浮氣躁，且還必須經過年歲之磨練才能趨於心平氣實；後者則因爲透過閱讀而能一直秉持著心平氣實，不需隨著年歲增長便能有所成就，即「平之不復躁，實之不復浮，不待年而成者也。」因此，鍾惺認爲「從學入者」才可以將「從名入、才入、興入者」所產生的問題矯正回來，而「從名入、才入、興入者」則不能，故他再次強調：「其所成異也。」

由此來看，爲了避免在模習古人作品時僅係形式上的模擬剽竊，故鍾惺認爲學習前「閱讀」古人作品是必要之過程。不過，鍾惺也指出寫作時是千萬不能捨己去依從古人，而係要依己以求古，故鍾惺說：

> 側聞近時君子有教人反古者，又有笑人泥古者，皆不求諸己，而皆舍所學以從之。庚戌以後，乃始平氣精心，虛懷獨往，外不敢用先人之言，而內自廢其中拒之私，務求古人精神所在。〔註48〕

此處鍾惺指出當時文壇所出現的兩個聲音：「有教人反古者，又有笑人泥古者」，然而不管何者，鍾惺認爲其問題皆出於「不求諸己」與「舍所學以從之」，故有鑑於此，他提到自己在「庚戌以後」，也就是萬曆三十八年（西元 1610 年）後「務求古人精神所在」，那麼他是如何求「古人精神」呢？首先，在進行詩歌寫作時，他「不敢用先人之

〔註48〕〔明〕鍾惺著‧李先耕‧崔重慶標校，《隱秀軒集‧隱秀軒集自序》，卷17，頁259～260。

言」，另外，在心中也不先有任何典範作依據，而是「平氣精心，虛懷獨往」去「求古人精神所在」，所謂「平氣精心」是指一種平和之氣且又真心誠意的態度；「虛懷獨往」則為鍾惺以謙遜之心獨自地去體會古人詩歌，換句話說，鍾惺也學古，只是在學古之前他心中並沒有任何學習對象，而係透過自己所學「求古人精神所在」，從中可以發現，鍾惺是先求己再去求古人，此外，他所說的「平氣精心，虛懷獨往」，正是後來他與譚元春共同編《詩歸》提到的觀點類似：「察其幽情單緒，孤行靜寄于喧雜之中；而乃以其虛懷定力，獨往冥遊于寥廓之外。」

準此，鍾惺認為只有「學」才能了解古人之「精神」並作出「真詩」，因此，在這觀點下，他提到：

> 學者不肯好學深思，畏難就易，概託於和平沖澹以文其短，
> 此古學之所以廢也。〔註49〕

鍾惺表示當時文壇「古學之所以廢」的原因，在於「學者不肯好學深思」，也就是學習者不肯專心追求學問並且深思熟慮，還避重就輕，甚至將「和平沖澹」的詩歌風格當成缺點，這便是鍾惺認為古學敗壞之緣故，不過若深究其故，主因在於當時學者「不學」。

綜合以上觀之，鍾惺不斷地強調「學」，目的就是希望讀者能透過「閱讀」去體會古人詩中那種「幽情單緒」，而非捨己依從古人。不過，關於古人的「幽情單緒」鍾惺是以「平氣精心，虛懷獨往」之態度去領悟，換句話說，讀者要先有一種平和之氣且又真心誠意、謙遜的態度去閱讀古人詩歌，才能體會其「幽情單緒」，此提出當然與其生平遭遇有關，〔註50〕而在此基礎上，也影響他編選《詩歸》時愛好一些情感含蓄之作相關，故他說：「不孝平生好搜剔幽隱詩文。」然而不管如何，只有經由「學」才可了解「古人精神」，而當達到「古今人我，心目為之一易」後，便能以此作出「真詩」。另外，蔡復一

〔註49〕〔明〕鍾惺著・李先耕・崔重慶標校，《隱秀軒集・文天瑞詩義序》，卷18，頁281。
〔註50〕鍾惺之生平可見許璧如撰，《鍾惺詩學理論研究》，頁39～43。

雖從「樂」之角度談「眞詩」問題，但他同樣重視「學」，他云：「古作者遺編炯炯向人，如精神之在骨體。」〔註51〕此處雖未明言「閱讀」，不過他提到前人遺留下來的著作「炯炯向人」且「如精神之在骨體」，可見他也是透過閱讀而得知「古人精神」，當中「骨體」便係指文章中字句的型態。

準此，鍾惺所言「眞詩」的創作勢必與「閱讀」有關，不過，當中表現出來的情感通常皆導向一種「幽」、「孤」、「冷」等落寞、孤芳自賞的心境。

第四節　小　結

總括上述可以了解，鍾惺、譚元春、蔡復一面對之文學環境即是復古派與公安派，甚至其末流於詩歌寫作上流弊叢生之時，如鍾惺就指出復古派與學古者在進行寫作時都僅取「途徑」，也就是學習前人詩歌中之技巧、方法等；而譚元春則認爲學古者多選擇「所愛之格，所便之調，所易就之字句」作詩，因此，這種情況下作出來的詩歌，鍾惺、譚元春表示其僅取古人之「極膚」、「極狹」、「極熟」、「滯者」、「陋者」等作品，此外，鍾惺更進一步指出公安派欲矯正復古派與其末流，卻又反倒造成「同乎古人之險且僻者」和「不則其俚者也」兩種弊端。然而，鍾惺、譚元春並非反對「學古」，相反的，他們自己也「學古」，只是在學習時所切入之角度不同，鍾惺就以作詩從「途徑」或「精神」入手的差異來談，認爲前者「其變有窮也」；後者則係「其變無窮也」，而於此觀點下，他們便不斷地強調要學習「古人精神」，並藉此來挽救當時之文學環境。

既然要學習「古人精神」，那麼其所指爲何呢？關於此，可從鍾惺與譚元春共同編選的《詩歸》一書中得知。首先在對象方面，鍾惺所指涉的古人爲隋代以前和唐代之詩人、詩作，當中包含「素所

〔註51〕〔明〕蔡復一著，〈寒河集序〉，收入〔明〕譚元春著・陳杏珍標校，《譚元春集》，頁 943。

得名之人」、「素所得名之詩」、「無名之人」、「無名之篇」，而其身分係「上自公卿，下至皀隸」；至於其選錄原因係由於那些詩人、作品中展現出他們所言之「精神」，而這「精神」即是作者以「情」爲基礎所表現出來的獨特性，此便是鍾惺認爲的「眞詩」，因爲他提到：「眞詩者，精神所爲也。」當中「眞詩」作者就是他和譚元春所選的對象。此外，其所謂「精神」與公安派所言「性靈」類似，只不過鍾惺及譚元春往往將「精神」導向「幽」、「孤」、「獨」、「靜」等孤傲、幽澹之情緒，使得兩者最後不免南轅北轍；而鍾惺、譚元春選古人「眞詩」之目的即爲「引古人之精神以接後人之心目」、「必古人之精神至今日而當一出。」也就是要讓後代讀者與古人連成一體，故鍾惺說：「古今人我，心目爲之一易。」

另外可以發現，鍾惺、譚元春相當重視詩歌在模擬過程中求「變化」，故鍾惺就針對僅模擬前人而沒有創新之作品提出批評，如抨擊江盈科「其詩定是惡道，不堪再讀。……才不及中郎，而求與之同調，徒自取狼狽而已」，甚至批判學李攀龍者，「使于鱗之精神光焰不復見於世」，還提到模習袁宏道、江盈科者，「其弊反有甚於學濟南諸君子也」等，另外，他更從整個文學發展趨勢指出當時文壇的流弊：「前之共趨，即今之偏廢；今之獨響，即後之同聲」，在這情況下，鍾惺發現自己詩歌被人當模擬對象時，便要求潘稚恭轉達戴元長「請爲削此竟陵之名與迹」，此外也提出「勢有窮而必變，物有孤而爲奇」之主張。可見在詩歌寫作上，鍾惺認爲模擬古人是必要的，但係學習「古人精神」而非「途徑」，且也要注意詩歌與文學之關係。

除了「古人精神」外，蔡復一表示「詩而不可樂，非眞詩也」，也就是說詩歌若僅有語言形式而沒有「樂」的搭配，便不能算是「眞詩」，其中「樂」指有規律而和諧動人之聲音。因他認爲透過詩歌的聲音，可讓他人了解作者之「情緒起伏」，故他提到：「思以音通，音以感慧」，不過針對讀者了解作者作品中表現之「情感」、「聲音」方面，蔡復一是有所指涉，分別係指一種深沉之感慨與悠揚嘹亮的聲

音。因此，就「情感」而言，他與鍾惺、譚元春一樣，要以「幽深」之情感與古人精神感通，所以他說：「詩樂之理盡是矣。」而鍾惺也談到類似觀念：「詩之爲教，和平沖澹，使人有一唱三歎，深永不盡之趣。」可見透過詩歌的吟詠才能領悟出古人「精神」。

那麼該如何學習「古人精神」而作出「眞詩」呢？鍾惺指出在進行詩歌寫作之前不能先捨己去依從古人，而係要依己以求古，故他云：「外不敢用先人之言，而內自廢其中拒之私」，並以自己「平氣精心，虛懷獨往」之態度去「務求古人精神所在」，然則，該怎麼得知「古人精神」？鍾惺表示必須「平日博於讀書，深於觀理，厚於養氣」，因爲透過閱讀且去深究古人作品中欲表達出來之道理，不僅可培養詩人本身的淵博學識與深厚性情，更能藉此表現出詩歌一種「深厚」之風格，此便爲鍾惺所強調的「厚」，而「厚」之來源即詩人須以本身具有的聰慧心靈，經由「讀書養氣」方可達到，所以他提及：「保此靈心，方可讀書養氣，以求其厚。」此顯示鍾惺相當著重「閱讀」，即所謂「學」，且在這觀點下，他認爲寫詩由「名」、「才」、「興」入手都不如「學」好，一方面因「從名入、才入、興入者」容易「心躁而氣浮」，但「從學入者」卻能「心平而氣實」，且前者還必須經過年歲磨練才能趨於心平氣實，後者則否；另一方面則是「學之所至，足以持其名、其才、其興，而名與才與興不能自持」。由此看來，透過「學」才可領悟「古人精神」並達到「古今人我，心目爲之一易」而作出「眞詩」。

準此，就鍾惺等人所言的「眞詩」觀念來看，雖然他們認爲「眞詩」創作者是古人，但其目的也是希望藉此讓當世人作詩時有所依據，而此依據、看法正體現於鍾惺、譚元春共同編選之《詩歸》一書中。另外必須指出，在詩歌情感方面，他們主張的爲幽深、孤冷之情緒甚至「和平沖澹」的詩歌風格，而他們也指出，讀者必須要有這樣的情感才能與古人之「精神」感通，其中「精神」前文已提及其可指人之主觀心靈及其作用與宇宙萬有形上實體之顯相，在此

情形下，我們發現鍾惺、譚元春所謂「古人精神」是就古人之主觀心靈及其作用而言，而他們進一步指出詩人要以己「精神」體會古人作品之「精神」，此便係指當代與古人之「精神」共同契合之心靈，並作出「眞詩」，故鍾惺在選前人作品時則提及：「不孝平生好搜剔幽隱詩文」，就是此原因。甚至他和譚元春在評他人作品抑或自己寫作時，也往往呈現出這種情感、標準。據此，我們以劉若愚對中國文學的總體情境來看，鍾惺等人所言之「古人眞詩」，重視的是讀者與作品間之雙向關係。

第五章　結　論

　　綜合上述我們可以得知，王叔武、李開先、王世貞、袁宏道兄弟、江盈科甚至到鍾惺、譚元春、蔡復一等人之所以提出「眞詩」一詞，是由於他們當時面對的係詩歌寫作僅是模擬剽竊、徒有形式而沒有詩人「情感」之文學環境。對此，他們便分別提出了不同的「眞詩」觀念來解決文壇模擬之流弊，即「眞詩在民間」、以「眞我」、「性靈」創作「眞詩」和「向古人求眞詩」。儘管他們所主張的「眞詩」觀念相異，但我們可以劉若愚對中國文學之總體情境劃分的階段，來表示他們「眞詩」觀念所注重的發言位置：

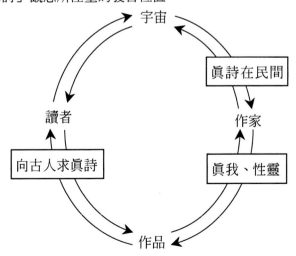

　　不過，此處要說明的是，雖然他們發言位置不同，但這並不表示他們忽略其中任何一階段，如：王叔武等人所重視的爲「宇宙」與「作者」之關係，當中「宇宙」便是指外在的客觀環境。而「眞詩在民間」觀念之提出，主要是因爲提出者感受到作品中沒有詩人的情感，故其也涉及到「讀者」與「作品」、「作家」與「作品」此兩階段；而王世貞、袁宏道所提出之「眞我」、「性靈」與「眞詩」關係，由上文已得知，兩者的發抒是根據作者之「情」而來，其中前者之「情」係藉由「閱讀」前人作品產生；後者則是面對外在客觀環境而來，然而不管何者，其也並未忽視「宇宙」與「作者」間的關係，此外，當作者依據「眞我」或「性靈」進一步寫作詩歌時，讀者亦能感受到作品中作者「眞我」、「性靈」之表現；至於鍾惺、譚元春「求古人眞詩」觀念，同樣地，他們係先透過「閱讀」古人得知其「精神」所在，接著便以己「精神」作出當代「眞詩」。準此，雖然他們的發言位置各不相同，但其並非忽視任何一階段，主要原因係由於他們所面對當時的文學環境相異，故分別有其側重面。

　　另外，必須指出，儘管王叔武、李開先、王世貞、袁宏道兄弟、江盈科，甚至鍾惺、譚元春、蔡復一等人所批評對象不同，但其面對的皆是模擬剽竊、徒有形式之文學環境，而他們也提出各自的觀念來解決文壇模擬之流弊，即「眞詩在民間」、以「眞我」與「性靈」創作「眞詩」、求「古人眞詩」等。不過，從中我們可以察覺，當他們提出解決方式時，都有些類似看法，但深究其中又有所差異：首先，關於詩人情感的引發，即「寫作動機」，也就是所謂「興」。「眞詩在民間」著重的是由外界客觀環境引發詩人之情；至於王世貞所言「眞我」、袁宏道和江盈科所謂的「性靈」，甚至到鍾惺、譚元春、蔡復一等，他們指的卻係藉由閱讀來引發詩人之情。至於在「閱讀」或「學古」方面，王世貞、江盈科甚至鍾惺、譚元春、蔡復一皆認爲作詩前必須先熟讀古人作品，但其所學習的對象又各自不同，王世貞、江盈科是博通各家；鍾惺、譚元春則僅針對隋代以前和唐代某些詩人、詩作。而在「作

者個人情感」表現上，雖同樣重視詩人獨特性，王世貞卻認爲其情感須「和平粹夷」才能算「眞詩」，也就是要溫和、純潔平和，而鍾惺、譚元春所言「精神」與公安派所謂「性靈」差異在於：前者往往將「精神」導向「幽」、「孤」、「獨」、「靜」等孤傲、幽澹之情緒；後者則可以表現私人生活領域的任何情感。另外，蔡復一重視詩歌、「聲音」的關係與「眞詩在民間」類似，皆是透過情感之引發後表現出聲音，並藉此感人，不過前者是透過閱讀去體會古人所表現出來之悠揚嘹亮的聲音；後者則係經由詩人自己面對外在環境變化而被引發情感後，接著便自然而然的藉由聲音表現出其情感，並讓人感動。

　　不僅如此，我們可以從中發現，在提出「眞詩」觀念矯正弊端同時，他們面對的其實是「復古」之文學環境，換句話說，「眞詩」觀念之提出即與「復古」有關，對此，我們已藉由上文的討論得知，在「復古」與否觀點上，明代文人並不反對「復古」，相反的，他們同意「復古」，而自己也學習古人作品，當中王世貞、江盈科甚至還讚許李夢陽與李攀龍的復古之功，可見「眞詩」之提出和「復古」有極大關係，既然如此，何以還要提倡「眞詩」？主要是因爲一旦進行寫作時，復古派及其末流把「擬古」當作「復古」，如袁宏道提到：「復古是已，然至以剽襲爲復古。」江盈科云：「我朝詞人，乃取其題目，各擬一首，名曰復古。」而究其「復古」變成「擬古」之原因，乃在於詩人未透過「閱讀」、「涵泳」古人作品所表現出來之意，才流於形式上的模擬剽竊，而僅「取古人之極膚、極狹、極熟，便于口手者，以爲古人在是」。所以，無論王世貞、袁宏道、江盈科甚至鍾惺、譚元春等人，他們不僅取法對象廣泛，也藉由閱讀去體會、領悟古人所表現之意進而轉出自己的面目。據此，「學古」並非不可，只是於「學」的方法上要正確，而這「學」的方式即是「閱讀」。

　　郭紹虞曾針對明代文壇現象說：「因明代學風偏於文藝的緣故，於是『空疏不學』四字，又成爲一般人加於明代文人的評語。由於空疏不學，於是人無定見，易爲時風眾勢所左右。任何領袖主持文壇，

都足以號召群眾，使爲其羽翼，待到風會遷移，而攻謫交加，又往往集矢於此一二領袖。所以一部明代文學史殆全是文人分門立戶標榜攻擊的歷史。……在此種流派互爭的風氣之下，再加以趨古趨新二種潮流，於是，明代文壇是丹非素，出主入奴，攻擊詆諆，演成空前的熱鬧。」〔註1〕不過，經由上文的討論發現郭紹虞所言並不全然，因爲明代人並非「空疏不學」，而是因爲其所「學」之方法不正確，使得後起者觀察到這問題，於是他們便提出各自的解決方式矯正之，即「眞詩」觀念，另外，他們也並未完全在趨古趨新潮流下攻擊詆諆，反倒有些文人對提出「復古」者給予肯定，如王世貞、江盈科等，只是由於提出者與其後進者在學習時產生了流弊。因此，針對明代文壇所提出的「眞詩」觀念，使我們能夠理解當中之原因、文壇現象，而作出比較公允的評價。

〔註1〕 郭紹虞著，《中國文學批評史》（台北：文史哲出版社，1990 年 7 月），頁 436。

參考書目

壹、書　籍

　　古籍按四庫次序排列，當中並以作者朝代先後順序排列；近人專著及期刊論文則按時間先後排列。

一、古代典籍

（一）經　部

1. 〔漢〕孔安國傳・〔唐〕孔穎達疏，《十三經注疏・尚書正義》（北京：北京大學出版社，1999 年 12 月）

2. 〔漢〕毛亨傳・〔漢〕鄭玄箋・〔唐〕孔穎達疏，《十三經注疏・毛詩正義》（北京：北京大學出版社，1999 年 12 月）

3. 〔漢〕鄭玄注・〔唐〕孔穎達疏，《十三經注疏・禮記正義》（北京：北京大學出版社，1999 年 12 月）

4. 〔漢〕趙歧注・〔宋〕孫奭疏，《十三經注疏・孟子注疏》（北京：北京大學出版社，1999 年 12 月）〔魏〕何晏注・〔宋〕刑昺疏，《十三經注疏・論語注疏》（北京：北京大學出版社，1999 年 12 月）

5. 〔晉〕郭璞注・〔宋〕刑昺疏，《十三經注疏・爾雅注疏》（北京：北京大學，1999 年 12 月）

（二）史　部

1. 〔漢〕班固撰・〔唐〕顏師古注，《漢書》（台北：華聯出版社，1968 年 5 月）

2. 〔清〕張廷玉等著，《新校本明史》（台北：鼎文書局，1976 年 9 月）

（三）子 部

1. 〔戰國〕荀子‧〔唐〕楊倞注‧〔清〕王先謙集解，《荀子集解》（台北：世界書局，1962 年 4 月）

2. 〔戰國〕莊子‧〔晉〕郭象注‧〔唐〕成玄英疏〔唐〕陸德明釋文‧〔清〕郭慶藩集釋，《莊子集釋》（台北：世界書局，1962 年 4 月）

3. 〔戰國〕莊子‧〔西晉〕司馬彪注‧茆泮林輯，《莊子注》（台北：藝文印書館，1967 年）

4. 〔戰國〕莊子‧錢穆著，《莊子纂箋》（台北：東大圖書，2003 年 11 月）

5. 〔漢〕王充著‧韓復智註譯，《論衡今註今譯》（台北：國立編譯館，2005 年 4 月）

（四）集 部

1. 〔漢〕許愼撰‧〔清〕段玉裁注，《說文解字注》（台北：洪葉文化，2000 年 9 月）

2. 〔梁〕鍾嶸‧廖棟樑撰述，《詩品》（台北：金楓出版有限公司，1986 年 12 月）

3. 〔梁〕劉勰‧周振甫注，《文心雕龍注釋》（台北：里仁書局，1998 年 9 月）

4. 〔梁〕蕭統編，〔唐〕李善注，《文選》（台北：華正書局，2000 年 10 月）

5. 〔宋〕張載，《張載集》（台北：里仁書局，1979 年 12 月）

6. 〔宋〕嚴羽著‧郭紹虞校釋，《滄浪詩話校釋》（台北：里仁書局，1987 年 4 月）

7. 〔宋〕蘇軾著‧毛德富等主編，《蘇東坡全集》（北京：北京燕山出版社，1998 年 10 月）

8. 〔宋〕陳彭年，《校正宋本廣韻》（台北：藝文印書館，2004 年 9 月）

9. 〔明〕王文祿，《文脈》（台北：台灣商務印書館，1966 年 3 月）

10. 〔明〕李夢陽著，《空同先生集》（台北：偉文圖書，1976 年 5 月）

11. 〔明〕袁宗道著，《白蘇齋類集》（台北：偉文圖書，1976 年 9 月）

12. 〔明〕歸莊著，《歸莊集》（上海：上海古籍出版社，1982 年 2 月）

13. 〔明〕楊榮，《文敏集》，收入《景印文淵閣四庫全書》（台北：台灣商務印書館，1983 年）

14. 〔明〕楊士奇,《東里文集》,收入《景印文淵閣四庫全書》(台北：台灣商務印書館,1983 年)

15. 〔明〕何景明,《大復集》,收入《景印文淵閣四庫全書》(台北：台灣商務印書館,1983 年)

16. 〔明〕王世貞著,《弇州山人續稿》,收入《景印文淵閣四庫全書》(台北：台灣商務印書館,1983 年)

17. 〔明〕王世貞著,《弇州山人四部稿》,收入《景印文淵閣四庫全書》(台北：台灣商務印書館,1983 年)

18. 〔明〕李東陽著・周寅賓點校,《李東陽集》(湖南：岳麓出版社,1985 年 11 月)

19. 〔明〕李東陽撰,《麓堂詩話》,收入丁福保輯,《歷代詩話續編》(台北：木鐸,1988 年 7 月)

20. 〔明〕王世貞撰,《藝苑卮言》,收入丁福保輯,《歷代詩話續編》(台北：木鐸,1988 年 7 月)

21. 〔明〕袁中道著・錢伯成點校,《珂雪齋集》(上海：上海古籍出版社,1989 年 1 月)

22. 〔明〕鍾惺著・李先耕・崔重慶標校,《隱秀軒集》(上海：上海古籍出版社,1992 年 9 月)

23. 〔明〕江盈科著・黃仁生輯校,《江盈科集》(湖南：岳麓書社,1997 年 4 月)

24. 〔明〕譚元春著・陳杏珍標校,《譚元春集》(上海：上海古籍出版社,1998 年 12 月)

25. 〔明〕徐渭撰,《徐渭集》(北京：中華書局,1999 年 2 月)

26. 〔明〕宋濂著,《宋濂全集》(浙江：浙江古籍出版社,1999 年 12 月)

27. 〔明〕劉基・林家驪點校,《劉基集》(浙江：浙江古籍出版社,1999 年 12 月)

28. 〔明〕屠隆撰,《由拳集》,收入《續修四庫全書》(上海：上海古籍出版社,2002 年)

29. 〔明〕李開先著・卜健箋校,《李開先全集》(北京：文化藝術出版社,2004 年 8 月)

30. 〔明〕袁宏道著・錢伯城箋校,《袁宏道集箋校》(上海：上海古籍出版社,2008 年 4 月)

31. 〔清〕永瑢等撰,《四庫全書總目提要》(台北：台灣商務印書館,1965 年)

32. 〔清〕錢謙益著・〔清〕錢曾箋注・錢仲聯標校,《牧齋有學集》(上海:上海古籍出版社,2003 年 8 月)

二、現代學術論著專書

1. 田素蘭著,《袁中郎文學研究》(台北:文史哲出版社,1982 年 3 月)

2. 韋政通主編,《中國哲學詞典大全》(台北:水牛圖書出版公司,1983 年)

3. 顏崑陽著,《莊子藝術精神析論》(台北:華正書局,1985 年 7 月)

4. 劉若愚著・杜國清譯,《中國文學理論》(台北:聯經出版事業,1985 年 8 月)

5. 吉川幸次郎著・鄭清茂譯《元明詩概説》(台北:幼獅文化事業公司,1986 年 6 月)

6. 龔鵬程著,《詩史本色與妙悟》(台北:台灣學生書局,1986 年 4 月)

7. 蔡英俊著,《比興、物色與情景交融》(台北:大安出版社,1986 年 5 月)

8. 周質平著,《公安派的文學批評及其發展──兼論袁宏道的生平及其風格》(台北:台灣商務印書館,1986 年 5 月)

9. 卜鍵著,《金瓶梅作者李開先考》(甘肅:甘肅人民出版社,1988 年 6 月)

10. 牟宗三著,《心體與性體》(台北:正中書局,1989 年 5 月)

11. 牟宗三著,《才性與玄理》(台北:台灣學生書局,1989 年 10 月)

12. 龔鵬程著,《文學批評的視野》(台北:大安出版社,1990 年 1 月)

13. 郭紹虞著,《中國文學批評史》(台北:文史哲出版社,1990 年 7 月)

14. 陳國球著,《唐詩的傳承──明代復古詩論研究》(台北:台灣學生書局,1990 年 9 月)

15. 勞思光著,《新編中國哲學史》(台北:三民書局,1991 年 1 月)

16. 林保淳著《經世思想與文學經世──明末清初經世文論研究》(台北:文津出版社,1991 年 12 月)

17. 張健著,《清代詩話研究》(台北:五南圖書,1993 年 1 月)

18. 廖可斌著,《復古派與明代文學思潮》(台北:文津出版社,1994 年 2 月)

19. 黃保眞・成復旺・蔡鍾翔著,《中國文學理論史・明代時期》(台北:洪葉文化,1994 年 5 月)

20. 吳兆路著,《中國性靈文學思想研究》(台北:文津出版社,1995 年

1 月）

21. 朱自清著，《詩言志辨》（上海：華東師範大學出版社，1996 年 11 月）

22. 葉軍・彭玉平・吳兆路・趙毅・雷恩海著，《中國詩學》（上海：東方出版中心，1999 年 5 月）

23. 王力主編，《王力古漢語字典》（北京：中華書局，2000 年 6 月）

24. 陳文新著，《明代詩學》（湖南：湖南人民出版社，2000 年 11 月）

25. 王力著，《漢語詩律學》（香港：中華書局，2001 年 1 月）

26. 蔡英俊著，《中國古典詩論中「語言」與「意義」的論題——「意在言外」的用言方式與「含蓄」的美典》（台北：台灣學生書局，2001 年 4 月）

27. 王夢鷗著，《文學概論》（台北：藝文印書館，2001 年 10 月）

28. 鐘林斌著，《公安派研究》（瀋陽：遼寧大學出版社，2002 年 1 月）

29. 朱光潛著，《詩論》（台北：正中書局，2002 年 12 月）

30. 曾永義著，《俗文學概論》（台北：三民書局，2003 年 6 月）

31. 孫立著，《明末清初詩論研究》（廣州：廣東高等教育出版社，2003 年 6 月）

32. 鄔國平，《竟陵派與明代文學批評》（上海：上海古籍出版社，2004 年）

33. 黃侃著・吳方點校，《文心雕龍札記》（北京：中國人民大學出版社，2004 年 9 月）

34. 袁行霈著，《唐詩風神及其他》（香港：香港城市大學，2005 年）

35. 周玉波著，《明代民歌研究》（南京：鳳凰出版社，2005 年 8 月）

36. 徐朔方・孫秋克著，《明代文學史》（浙江：浙江大學出版社，2006 年 6 月）

37. 陳廣宏著，《竟陵派研究》（上海：復旦大學出版社，2006 年 8 月）

38. 袁震宇・劉明今著，《中國文學批評通史・明代卷》（上海：上海古籍出版社，2007 年 4 月）

39. 陳文新著，《明代詩學的邏輯進程與主要理論問題》（武漢：武漢大學出版社，2007 年 8 月）

40. 黃毅著，《明代唐宋派研究》（上海：上海古籍出版社，2008 年 3 月）

41. 王文生著，《中國美學史——情味論的歷史發展》（上海：上海文藝出版社，2008 年 10 月）

42. 侯雅文著，《李夢陽的詩學與和同文化思想》（台北：大安出版社，2009 年 9 月）

貳、學位論文與單篇論文

一、學位論文

1. 陳萬益撰，《晚明性靈文學思想研究》（台北：國立台灣大學中文研究所博士論文，1977 年 6 月）

2. 龔顯宗，《明七子派詩文及其論評之研究》（台北：國立台灣師範大學中文研究所博士論文，1978 年）

3. 簡錦松，《李何詩論研究》（台北：國立台灣大學中文研究所碩士論文，1980 年 6 月）

4. 吳瑞泉，《明清格調詩說研究》（台北：私立東吳大學中文研究所博士論文，1987 年）。黃雅娟，《明代詩情觀研究——論「七子」與「公安」詩論之異同》（台中：私立東海大學中文研究所碩士論文，1987 年）

5. 連文萍，《明代茶陵派詩論研究》（台北：私立東吳大學中文研究所碩士論文，1989 年 5 月）

6. 王頌梅，《明清性靈詩說研究》（台北：私立東吳大學中文研究所博士論文，1990 年）

7. 林美秀，《袁中郎的思想與文學研究》（高雄：國立高雄師範大學國文研究所博士論文，1997 年）

8. 黃如焄，《明代詩學精神與神韻傳統》（嘉義：國立中正大學中文研究所博士論文，1999 年）

9. 卓福安《王世貞詩文論研究》（台中：私立東海大學中文研究所博士論文，2002 年）

10. 許璧如，《鍾惺詩學理論研究》（高雄：國立中山大學中文研究所碩士論文，2006 年）

11. 余欣娟撰，《明代「詩以聲爲用」觀念研究》（花蓮：國立東華大學中文研究所博士論文，2009 年 7 月）

二、單篇論文

1. 林語堂著，〈寫作的藝術〉，收入《語堂隨筆》（台北：志文出版社，1966 年）

2. 邵紅，〈公安竟陵文學理論的研究〉（《思與言》第 12 卷第 2 期，1974 年 7 月）

3. 簡錦松著,〈論明代文學思潮中的學古與求眞〉,收入《古典文學》(第八集)(台北:學生書局,1986 年 4 月)

4. 顏崑陽,〈意在筆先〉,收入《文訊月刊》第 25 期(1986 年 8 月)

5. 顏崑陽著,〈論文心雕龍「辯證性的文體觀念架構」〉,收入《六朝文學觀念叢論》(台北:正中書局,1993 年 2 月)

6. 顏崑陽著,〈中國古典文學批評術語疏解十則〉,收入《六朝文學觀念叢論》(台北:正中書局,1993 年 2 月)

7. 顏崑陽,〈《文心雕龍》「比興」觀念析論〉(《國立中央大學文學院文文學報》第十二期,1994 年 6 月)

8. 顏崑陽,〈論詩歌文化中的「託喻」觀念——以《文心雕龍·比興篇》爲詩論起點〉,收入《魏晉南北朝文學與思想學術研討會論文集》第三輯,(台北:文津出版社,1997 年 9 月)

9. 顏崑陽,〈從「言意位差」論先秦至六朝「興」義的演變〉(《清華學報》第 2 期,1998 年 6 月)

10. 洪順隆著:〈漢魏六朝文學叢考〉,收入《抒情與敘事》(台北:黎明文化,1998 年 12 月)

11. 葉嘉瑩著,〈中國古典詩歌中形象與情意之關係例說〉,收入《迦陵談詩二集》(台北:東大圖書,1999 年 10 月)

12. 顏崑陽:〈論「典範模習」在文學史建構上的「連渝效用」與「鏈接效用」〉,收入《建構與反思——中國文學史的探索學術研討會論文集》(台北:臺灣學生書局,2002 年 7 月)

13. 劉大杰著,〈袁中郎的詩文觀——中郎全集序〉,收入《晚明文學思潮研究》(武漢:湖北教育出版社,2002 年 10 月)

14. 孫學堂,〈王世貞與性靈文學思想〉(《蘇州大學學報》第 4 期,2002 年 10 月)

15. 辛剛國,〈性靈說與創作主體論〉(《江西社會科學》第 1 期,2003 年)

16. 顏崑陽,〈從〈詩大序〉論儒系詩學的「體用」觀——建構「中國詩用學」三論〉,收入《第四屆漢代文學與思想學術研討會論文集》(台北:政大中文系出版,2003 年 4 月)

17. 張惠喬,〈袁宏道文學理論中的「眞」〉(《鵝湖月刊》第 29 卷第 2 期總號第 338,2003 年 8 月)

18. 陳美珠,〈捉得竟陵訣——鍾惺、譚元春詩作特色析論〉,(《國立高雄師大學報》第 15 期第 2 卷,2003 年 12 月)

19. 陳敏,〈"靈"而"厚"的創作要求——從《詩歸》看竟陵派的詩論〉

（《濟南大學學報》第 14 卷第 3 期，2004 年）

20. 黃懷信著，〈從《詩論》看孔子是否「刪詩」〉，收入《儒家文獻研究》（濟南：齊魯書社，2004 年 12 月）

21. 付瓊，〈從鬱勃到頹放：徐渭眞我理論與散文創作的偏離與合一〉（《江西財經大學學報》第 1 期，2005 年）

22. 陸穗璉，〈竟陵詩文對中國文學之美學實踐〉（《國立僑生大學先修班學報》第 13 期，2005 年 12 月）

23. 蕭家怡，〈李夢陽《空同子》敘錄〉（《東方人文學誌》第 6 卷第 4 期，2007 年 4 月）

24. 顏崑陽，〈論宋代「以詩爲詞」現象及其在中國文學史論上的意義〉（《東華人文學報》第 2 期，2000 年 7 月）

25. 顏崑陽，〈論「文體」與「文類」的涵義及其關係〉（《清華中文學報》第 1 期，2007 年 9 月）

26. 顏崑陽：〈從應感、喻志、緣情、玄思、遊觀到興會——論中國古典詩歌所開顯「人與自然關係」的歷程及其模態〉（《輔仁國文學報》第 29 期，2009 年 10 月）